MoonLight Girl

달빛소녀와
별의 약속

달빛소녀와 별의 약속

청소년 판타지소설 십대들의 힐링캠프, 성장

[십대들의 힐링캠프®] 시리즈 NO.70

지은이 | 박기복
발행인 | 김경아

2023년 9월 22일 1판 1쇄 인쇄
2023년 9월 29일 1판 1쇄 발행

이 책을 만든 사람들
책임 기획 | 김경아
기획 | 김효정
북 디자인 | KHJ북디자인
표지 삽화 | 정지란
경영 지원 | 홍종남
기획 어시스턴트 | 홍정훈, 한선민, 박승아
제목 | 구산책이름연구소
책임 교정 | 주경숙
교정 | 이홍림, 김윤지

이 책을 함께 만든 사람들
종이 | 제이피씨 정동수 · 정충엽
제작 및 인쇄 | 천일문화사 유재상

청소년 기획위원
정가인, 양태훈, 양재욱

펴낸곳 | 행복한나무
출판등록 | 2007년 3월 7일. 제 2007-5호
주소 | 경기도 남양주시 도농로 34, 301동 301호(다산동, 플루리움)
전화 | 02) 322-3856 팩스 | 02) 322-3857
홈페이지 | www.ihappytree.com | bit.ly/happytree2007
도서 문의(출판사 e-mail) | e21chope@daum.net
내용 문의(지은이 e-mail) | yesreading@gmail.com
※ 이 책을 읽다가 궁금한 점이 있을 때는 지은이 e-mail을 이용해 주세요.

ⓒ 박기복, 2023
ISBN 979-11-88758-71-5
"행복한나무" 도서번호 : 172

달빛소녀와 별의 약속

MoonLight Girl

| 박기복 지음 |

여우누이

옛날 옛날 한 옛날에, 붉은 산 아래에 아들 셋을 둔 부자가 살았어요. 부자는 딸을 얻고 싶어서 삼신을 모시는 사당에 재물을 바치고 딸을 점지해 주길 빌었답니다. 정성껏 치성을 드리고 얼마 지나지 않아 부인이 임신하자 부자는 뛸 듯이 기뻐했어요. 이번에야말로 딸이 태어나리라 기대하고 딸을 맞이하기 위한 온갖 준비를 다 했습니다. 그러나 태어난 넷째 아기는 또다시 아들이었어요.

크게 실망한 부자는 이제 딸을 포기할까 하다가 여우족이 다스리는 곳에 용한 사당이 있다는 소문을 들었습니다. 딸을 간절히 바란 부자는 사람들이 두려워서 함부로 가지 않은 여우족 땅으로 들어갔어요. 큰 제물을 바치고 여우족에게 사정하여 사당에서 치성드릴 기회

를 얻었답니다. 부자는 스무하루 동안 정성껏 치성드리며 딸을 점지
해 달라고 기도했지요. 그 치성이 하늘에 닿았는지 드디어 그렇게 간
절히 바라던 딸이 태어났답니다. 부자는 딸에게 온갖 정성과 사랑을
쏟았어요. 딸은 부자가 기대한 것보다 훨씬 더 예쁘고 귀엽게 자랐습
니다. 오빠들도 여동생을 아끼고 사랑으로 돌봤습니다. 말 그대로 금
지옥엽이었지요.

그러던 어느 날, 어마어마한 폭풍이 몰아쳤습니다. 붉은 산은 마
치 피를 뒤집어쓴 듯이 시뻘겋게 빛났습니다. 비극은 바로 그다음 날
부터 일어났습니다. 부잣집은 가축을 많이 키웠는데, 가축들이 하루
에 한 마리씩 죽어 나갔습니다. 겉은 멀쩡한데 입과 항문으로 피를 쏟

고 죽어서 나자빠졌답니다. 평생 가축을 잘 다뤄온 노인들도 그 원인을 알지 못했고, 신께 제사를 올리는 제사장도 이유를 몰랐으며, 병자를 치료하는 의원도 이유를 밝혀내지 못했어요. 하루가 다르게 짐승이 죽어 나가니 부자는 집에서 부리는 노비들을 의심했습니다. 그러나 딱히 의심스러운 노비를 찾을 수는 없었답니다.

큰 짐승이 거의 다 죽어버린 어느 날, 새벽에 일어나 밥을 짓던 노비가 가축들과 똑같은 형태로 죽어 있었습니다. 집안은 난리가 났지요. 그러나 아무리 조사해도 죽은 이유를 알 수 없었습니다. 물론 범인도 잡지 못했어요. 동네엔 그 부잣집에 저주가 내렸다는 소문이 돌았고, 그 와중에도 노비들은 하루에 한 명씩 계속 죽어 나갔어요. 노비들 몇몇은 두려워서 도망치기도 했어요.

보름달이 환히 뜬 어느 날 밤이었습니다. 소 울음소리에 셋째 아들이 잠에서 깼습니다. 셋째 아들은 불길한 예감이 들어 재빨리 밖으로 나갔지요. 셋째 아들은 조심조심 소 울음소리가 나는 곳으로 갔습니다. 역시나 소가 죽어 있었어요. 달빛이 워낙 밝아서 주변이 다 보였습니다. 바닥을 살펴보니 핏자국이 찍혀 있었습니다. 셋째 아들은 핏자국을 조심스럽게 따라갔습니다. 핏자국은 후원으로 이어진 길에서 끊어졌는데, 후원은 여동생이 머무는 곳이었지요. 여동생이 위험하다고 생각한 셋째는 앞뒤 가리지 않고 여동생이 머무는 곳으로 달려갔습니다. 방문을 열었는데 여동생이 없었습니다. 한밤중에, 방에 있어야 할 여동생이 없으니 불길한 일이 생겼을까 봐 정신없이 여동생을 찾았습니다.

　그러다 사악한 기운을 감지했습니다. 셋째는 조심조심 그 기운이 풍기는 곳으로 다가갔습니다. 셋째는 거기서 봐서는 안 될 장면을 보고 말았지요. 바로 금지옥엽 여동생이 짐승 몸에서 뽑은 생간을 먹는 장면이었어요. 자기 눈으로 보면서도 셋째는 현실을 부정했습니다. 악귀가 여동생으로 변장했다고 믿었습니다. 안타깝게도 셋째 아들은 생간을 먹은 여동생이 입을 닦고, 태연하게 자기 방으로 들어가는 것을 보고 말았답니다.

　한 번 본 걸로 믿을 수는 없었어요. 다음 날 밤에 셋째 아들은 여동생을 감시했습니다. 아니나 다를까 여동생은 한밤중에 몰래 나와서 아주 능숙하게 마지막 남은 소를 죽이고, 그 간을 먹어 치웠습니다. 몸놀림이 사람 같지 않았어요.

　셋째 아들은 아버지를 찾아가 자신이 본 대로 알렸습니다. 그러나 아버지는 크게 노하며 셋째 아들을 꾸짖었습니다. 노발대발한 아버지는 셋째 아들이 금지옥엽 막내딸을 모함한다고 여겼습니다. 천륜을 저버린 자를 한 집에 둘 수 없다며 집에서 내쫓아버렸어요. 집에서 내쫓긴 셋째 아들은 하는 수 없이 비렁뱅이가 되어 세상을 떠돌았답니다.

　세상을 떠돌던 셋째 아들은 화려한 꽃밭이 드넓게 펼쳐진 곳에 당도했어요. 싱그러운 향기와 아름다운 색감에 끌려 정신없이 구경하던 셋째 아들 앞에 황금빛 날개를 단 신성한 존재가 나타났습니다. 셋째 아들은 신성한 존재 앞에 무릎을 꿇었습니다. 신성한 존재는 이제 집으로 돌아갈 때가 되었다고 말했어요. 셋째 아들은 자기 사정을 말하며 돌아갈 수 없다고 하소연했습니다. 그러자 신성한 존재는 호리병 세 개를 주며 위급할 때 사용하라고 했어요. 깨끗한 옷도 선물로 주었지요.

셋째 아들은 몇 년 만에 고향으로 향했습니다. 고향 근처에 이르자 흉흉한 소문이 들렸습니다. 자신이 태어나고 자란 고향이 폐허로 변했다는 소문이었어요. 가축뿐 아니라 사람들까지 모조리 죽어서 그야말로 폐허가 되었다고 하는데, 생각만 해도 끔찍했습니다. 주민들은 셋째 아들에게 절대 그곳에 가면 안 된다고 신신당부했어요. 셋째 아들은 잠시 마음이 흔들렸으나 허리춤에 찬 호리병을 믿고 고향으로 들어섰어요. 고향 마을은 상상보다 더 처참했습니다. 폐허가 된 동네 곳곳에서 흉흉한 기운이 물씬 풍겼습니다.

셋째 아들은 꾹 참고 태어나서 자란 집으로 갔습니다. 그곳에서 폐허가 된 집을 지키고 있는 여동생을 만났습니다. 여동생은 반가워하며 맨발로 뛰어나왔습니다. 눈물까지 펑펑 흘리는 여동생을 보며 셋째 아들은 여동생이 원래대로 돌아왔다고 생각했습니다. 그러나 밥을 지어주겠다며 뒤돌아선 여동생 치맛자락에 묻은 흥건한 핏자국을 보고는 정신이 번쩍 들었습니다. 간을 먹어 치우던 여동생 모습이 생생히 떠올랐죠. 공포로 심장이 얼어붙는 것만 같았습니다. 여동생이 부엌으로 들어간 틈을 타서 셋째 아들은 재빨리 도망쳤어요.

있는 힘껏 도망치는데 어떻게 알았는지 여동생이 쫓아왔습니다.

여동생은 사람 같지 않았습니다. 그 몸놀림이 마치 여우 같았어요. 여동생이 바짝 쫓아와 곧 잡힐 위기가 닥치자 셋째 아들은 푸른 호리병을 집어 던졌습니다. 호리병이 터지며 날카로운 가시덩굴이 여동생을 가로막았습니다. 그 틈에 셋째 아들은 힘껏 도망칠 수 있었어요. 얼마 지나지 않아 여동생이 가시덩굴을 뚫고 쫓아왔습니다.

또다시 잡힐 위기가 닥치자 이번에는 검은 호리병을 던졌어요. 엄청난 물이 땅에서 솟아나 여동생을 휘감았습니다. 거대한 물살이 여동생을 집어삼켰지요. 그 틈에 셋째 아들은 힘껏 도망쳤습니다. 여동생은 힘겹게 거센 물살에서 벗어나 다시 추격해 왔고, 셋째 아들은 마지막으로 붉은 호리병을 던졌습니다. 갑자기 엄청난 번개가 내리치더니 주변에 불기둥이 치솟았습니다. 거대한 불기둥이 여동생을 집어삼켰습니다. 셋째 아들은 더는 도망치지 않고 불길에 싸여 죽어가는 여동생을 지켜보았습니다.

여동생이 괴로워하며 죽어갈 때였습니다. 불길 위로 오색 무지개가 내려오더니 여동생을 위로 끌어올렸습니다. 불기둥 위에 뜬 오색 무지개는 여동생을 감싸서 불에 타지 않게 보호했습니다. 불기둥이 사라지자 오색 무지개도 사라지고 여동생은 천천히 땅으로 내려왔습니다. 여동생은 정신을 잃고 땅에 쓰러져 있었습니다. 셋째 아들은 어찌할 바를 몰랐습니다. 여동생을 죽여야 할지, 아니면 도망쳐야 할지 갈피를 잡을 수 없었어요. 그때 온화한 빛을 머금은 소녀가 나타났습니다. 여동생과 비슷한 또래로 보이는 소녀였어요. 소녀가 여동생 이마에 손가락을 가볍게 대자 이마에서 아홉 가닥으로 꼬인 실이 나와 그 소녀의 손가락으로 빨려 들어갔습니다.

"이젠 괜찮아요. 호가(狐家)의 신성력은 제가 회수했으니 안심하세요."

평화로운 말이었습니다.

두려움과 불안에 떨던 셋째 아들은 곧바로 평온해졌습니다. 이윽고 여동생이 깨어났어요. 여동생은 셋째 오빠를 보자마자 여기가 어디냐고 물으며 주변을 두리번거렸습니다. 셋째 오빠는 여동생을 꼭 껴안으며 눈물을 흘렸지요. 셋째 오빠는 그 소녀에게 거듭 감사하다며 머리를 조아렸어요. 은인은 누구시냐고 물었지만, 그 소녀는 달빛을 닮은 웃음만 남기고 말없이 사라져 버렸답니다.

차례

주요 등장인물

고은별
달빛소녀
「달빛의 눈」을 지닌 존재

이루미
책임감으로 위기에 처한
이들을 구한다.

심유리
자기희생으로
두려움에 맞선다.

공나빈
넘치는 사랑으로
아픔을 돌본다.

허은율
순수한 마음으로
소통하고 정화한다.

황련
신 같은 존재
상징색은 노랑
신단수를 통해 세상을 정화하려고 한다.

정연화
북쪽 파수꾼
상징색은 검정
능력: 액체화

나단아/나단우
서쪽 파수꾼
상징색은 하양
능력: 영매/수호

김강산
동쪽 파수꾼
상징색은 파랑
능력: 감각조작

허은석
남쪽 파수꾼
상징색은 빨강
능력: 감정통제

01
오래된 꿈

고은별 _ 『달빛소녀와 진실의 문』

빛 한 줌도 없는 긴 어둠에 잠겼다. 하루에 세 번, 음식 먹을 때를 빼고는 빛을 만나지 못했다. 내 몸조차 보이지 않는 어둠에 익숙해지니 자궁 안에 안긴 태아처럼 평온해졌다. 가끔 손을 흔들어 바람을 만들면 무뎌졌던 촉감이 예민하게 깨어났다. 어쩌다 일어나는 마찰음이 흘리는 둔탁한 맥놀이마저 다 들렸다. 바로 앞도 보이지 않는데 벽 너머 공간에서 들리는 소리와 흐름이 형상을 띠며 나타났다. 갇힌 몸이 빚어낸 엉뚱한 착각인지 진짜 현실인지는 판단할 수 없었지만, 풀어지던 긴장감을 툭툭 건드리는 효과를 발휘했다.

그러던 어느 순간, 공간이 일그러지더니 새로운 움직임이 느껴졌

다. 밥을 가져올 시간도 아닌데 내가 갇힌 공간으로 걸어오는 움직임
이었다. 바닥을 딛는 소리가 그 전과 달랐다. 보폭, 손놀림, 흔들리는
머리카락, 꼭 다문 입술, 날카로운 눈매가 보였다. 각오하던 때가 왔다
고 확신했다.

"이 옷으로 갈아입고 나와."

식판이 들어오는 좁은 문으로 옷 한 벌이 들어왔다. 예상은 적중
했다.

"옷을 제대로 입기에는 너무 어두워요."

"그 방에는 전등이 없어. 그냥 갈아입어."

"칫!"

안 보인다는 핑계로 느리게 옷을 갈아입었다.

"빨리 입어. 중요한 분들이 기다리셔."

"어두운데 어떻게 빨리 입나요?"

나는 옷을 다 갈아입었지만 일부러 시간을 끌었다.

"아직도 안 입었어?"

김효민이 짜증을 냈다.

"이제…… 됐어요."

문이 열렸다. 복도를 밝히는 전등도 그리 밝지 않아서 눈이 부담스
럽지는 않았다.

"따라와."

김효민을 따라 좁은 복도를 걸었다. 복도가 좌우로 꺾일 때마다 빛

이 조금씩 밝아졌다. 큰 철문을 열고 들어가자 바닥과 벽과 천장이 온통 돌로 뒤덮인 복도가 나타났다. 토미리스는 복도 끝에서 기다리고 있었다.

"몸은 어때?"

"그런 곳에 가둬놓고 제 건강을 걱정하는 건가요?"

일부러 빈정거렸다.

"급히 만드느라 이곳 상황이 좀 열악해."

"일부러 그런 곳에 저를 가둔 건 아니고요?"

토미리스가 묘한 웃음을 지었다.

"내 이름은 토미리스, 오크호니카 일족을 대표하는 총가주다."

"알고 있어요."

토미리스 본명은 토미리스 프라로코브나 오크호니카다. 토미리스는 기원전 6세기경 강력한 페르시아 제국을 물리쳐 '전쟁의 여신'으로 추앙받은 여왕이다. 토미리스란 이름에서 세상을 제패하겠다는 야망과 그에 부합하는 강한 능력이 풍긴다. 프라로코브나는 '예언자의 딸'이란 뜻이다. 토미리스 아버지는 사냥꾼 가문에서 단일 명맥으로 이어진 예언자다. 오크호니카는 사냥꾼이란 뜻으로 이 일족을 이끄는 총가주만 사용할 수 있는 특별한 성이다.

"저는 고은별이에요."

내가 말하지 않아도 토미리스는 내 이름을 이미 알고 있었다.

"다른 상황에서 만났더라면 좋았을 텐데, 아쉽구나."

"그럼 절 풀어주세요."

내가 당돌하게 요구하자 토미리스가 다시 묘한 웃음을 지었다. 감정을 읽기 힘든 웃음이었다.

"들어가자."

토미리스가 내 등을 떠밀었다.

돌문이 열리면서 원기둥처럼 생긴 공간이 나타났다. 열 명이 들어서도 괜찮을 만큼 넓은 공간이었다. 문이 닫히고 바닥이 승강기처럼 상승했다. 천장을 이루던 돌이 네 방향으로 갈라지며 거대한 돔으로 된 공간이 드러났다. 내가 선 곳은 정확히 중앙이었다. 돔 천장 중심에는 큰 원이 있는데 토미리스 머리 색깔과 같은 보라색이었다. 돔 천장과 벽이 만나는 지점에는 중심원 절반 크기인 여덟 개 원이 빙 둘러서 자리했는데 재질이 청동이었다. 청동으로 된 원 안에는 독특한 문양이 양각으로 새겨져 있는데, 문양은 그 형태가 모두 달랐다. 바닥에도 천장과 수선으로 연결된 지점에 같은 크기로 된 원형이 자리했다. 색깔도, 문양도 천장과 같았다.

원형 바깥에는 선이 어지럽게 얽혀 있었다. 복잡하고 불규칙해서 처음에는 규칙성을 발견하지 못했는데, 원을 중심으로 바라보니 명확한 규칙성이 보였다. 천장은 중심원에서 동심원을 그리며 선이 일정하게 퍼져나가고, 주변에 자리한 여덟 개 원에서도 똑같이 동심원이 퍼져나갔다. 각기 다른 동심원과 동심원이 교차하면서 복잡한 기하학 무늬를 만들었지만, 기본 형태는 원이었다. 천장을 채운 선이 원이라면 바닥은 직선이었다. 중심원을 포함해 아홉 개 원에서 모두 햇살이 퍼지듯 사방팔방으로 직선이 뻗어나가면서 다양한 도형을 만들었다. 둥근 벽은 정확히 여덟 곳으로 나뉘었는데, 벽마다 음각으로 새긴 글자가 빼곡했다. 글자는 각기 다른 언어였는데, 이집트 상형문자나 수메르 쐐기 문자처럼 보이는 글자도 있었다.

"이 아이가 바로 「달빛의 눈」을 지닌 자입니다."

토미리스 말이 끝나자마자 천장에서 바닥으로, 청동 동그라미에서 빛이 쏟아지더니 희미하게 사람 형상이 나타났다. 여덟 명은 다들 같은 옷을 입었는데 얼굴에 쓴 가면은 다 달랐다. 가면은 지네, 말, 원숭이, 여우, 늑대, 매, 코끼리, 자라 형태였다. 저들이 바로 황련이 말한 사냥꾼 일족임을 단박에 알아보았다.

고대에 사람이되 사람이 아닌 열두 종족이 살았다. 그들은 신성에 바탕을 둔 강력한 힘으로 사람을 지배했으며, 주도권을 잡기 위해 서로 싸웠다. 그러다 어떤 사건 때문에 신성한 힘이 소멸당할 위기가 닥쳤다. 신성한 힘을 지키기 위해 아홉 종족은 뭉쳤고, 두 종족은 변화에 따랐으며, 한 종족은 전혀 다른 길을 선택했다. 아홉 종족은 처음에는 자기 힘으로 위기에 맞섰으나 역부족임을 깨닫고, 그들이 「뇌령」이라 부르는 불가사의한 존재를 중심으로 뭉쳤다. 사력을 다했으나 아홉 종족은 신성한 힘을 지키는 데 실패했고, 「뇌령」은 '신성한 힘'과 함께 사람 속에 봉인되었다. 그러나 어떤 사건으로 신성한 힘의 일부가 세상에 남게 되었고, 살아남은 후예들은 사람들 사이로 숨어들어 신성한 힘을 지키기 위해 서로 협력했다.

벽에 나타난 여덟 명은 아마도 현재 여덟 가문을 이끄는 가주(家主)일 것이다. 토미리스는 사냥꾼 일족을 대표하는 총가주(總家主)이며, 중심 가문인 묘가(猫家)를 이끄는 가주(家主)이기도 하다. 묘가는 〈이라두의 발톱〉을 완벽하게 다루는 자로만 가주 자리를 이어 왔다. 사냥꾼 일족은 「뇌령」을 되살려 신성한 힘을 고스란히 되찾는 것이 목표인데, 총가주는 그 목표를 이루기 위해 최일선에서 노력하는 자였다. 나는 「뇌령」이 어떤 존재인지가 몹시 궁금했지만, 황련은 「뇌령」에 대해서는 아무것도 말하지 않았다.

여덟 가주는 각기 다른 언어로 한마디씩 했다. 영어로 말하는 것 빼고는 무슨 뜻인지 전혀 알아들을 수 없었지만 그들은 자연스럽게 의사소통했다.

"한국어로 말씀해 주십시오. 저 아이도 들어야 합니다."

토미리스가 부탁하자 그들은 우리말로 대화를 나눴다. 그들은 어색함이 느껴지지 않을 만큼 자연스럽게 우리말을 구사했다.

"총가주가 하는 말을 믿고 싶지만, 저런 어린애가 「달빛의 눈」을 지녔다니 믿기 힘들군"

"신성한 힘이 조금도 느껴지지 않는데, 진짜 「달빛의 눈」을 지닌 자가 맞는가?"

"수천 년 동안 오직 전승으로만 전해지던 존재가 왜 하필 지금 나타난단 말인가?"

아무도 토미리스가 하는 말을 믿으려 하지 않았다. 말투만 들으면 토미리스가 일족을 대표하는 총가주가 아닌 듯했다.

"굳이 말로 설명하지 않겠습니다. 각 가문이 가지고 계신 〈팔뉴개문경〉을 개방하면 바로 입증됩니다."

여덟 명은 의문을 제기하면서도 마지못해 작은 거울을 하나씩 꺼내 들었다. 전면은 장식도 테두리도 아무것도 없는 동그란 거울이었다. 거울에 잠깐 형상이 비치는 듯하더니 금세 사라지면서 빛이 쏟아져 나왔다. 빛은 돔의 중심에 자리잡은 보랏빛 원을 밝게 물들이더니, 천장에 그려진 동심원으로 수묵화처럼 번져나갔다. 수평선 아래에서 떠오르는 달처럼 은은하게 밝아지던 동심원의 빛이 갑자기 소멸했고, 곧이어 〈팔뉴개문경〉이 태양처럼 타오르면서 거대한 빛무리가 나를 덮쳤다.

빛이 내 시신경을 건드리자 전신에 퍼진 신경 가닥이 모조리 깨어났다. 이제껏 느껴본 적 없는 낯선 감각이 한꺼번에 열리면서 헤아릴 수 없는 정보가 밀고 들어왔다. 그 모든 감각을 다 담기에는 내 그릇이 모자랐다. 감각이 홍수처럼 그릇을 넘쳤다가, 일순간에 빛이 사라지고 짙은 어둠만 남았다. 시간이 멈추고 공간이 사라졌다. 호흡도 소리도 감각도 사라졌다. 어쩌면 내 몸조차 사라진 것 같았을 때, 황금빛이 일렁였다. 익숙한 빛이었다. 모든 세상이 황금빛으로 물들었고, 온갖 감각이 선명하게 느껴졌다. 말로 표현할 수 없는 충만감이었다.

"맙소사! 전승이 사실이었어."

"저 아이가 「달빛의 눈」을 지녔다니, 믿을 수가 없군."

황금빛이 사라지면서 감각이 현실로 돌아왔다. 천천히 호흡하며 들어온 시선 끝에 바닥을 채운 직선에서 희미한 빛이 사라지는 게 보였다.

"데리고 내려가라."

토미리스가 원형에서 벗어나자 김효민과 내가 서 있던 원형 공간이 아래로 내려갔다.

"여기서 기다려."

김효민은 나를 돌문 바깥으로 내보내더니 돌문을 닫아버렸다.

돌로 된 복도에는 아무도 없었다. 주위를 살피다 한 걸음을 떼었더니 어느새 사냥꾼 한 명이 길 끝에서 나타났다. 사냥꾼은 잠시 기다리라고 지시했다. 하는 수 없이 벽에 기댔다. 눈을 감았다. 숨을 들이마셨다. 들숨을 밑바닥까지 끌어내렸다. 공기와 함께 조금 전 받아들였던 빛이 다시 내 안으로 흘러들었다. 감각이 다시 예민하게 깨어났다. 떨림이 느껴지고 형태가 나타났다. 처음엔 흐릿했지만 점점 뚜렷해졌다.

"오랫동안 꿈꾸었던 순간입니다."

토미리스는 가운데 원을 느리게 돌며 가주들 각각과 눈을 마주쳤다.

"다시 말씀드리지만 가문별로 최고사냥꾼 세 명과 상급사냥꾼 열다섯 명씩을 보내 주십시오. 그리고 각 가문이 보유한 〈팔뉴개문경〉과 〈팔문수호검〉도 가져오길 바랍니다."

"왜 세 명인가? 원래는 두 명 아닌가?"

"〈팔뉴개문경〉과 〈팔문수호검〉을 모두 가져오라니! 지금 그걸 말이라고 하는가?"

"제단을 발동하는 데는 〈팔뉴개문경〉만 필요할 텐데."

질문에 날이 서 있었다.

"기존 제단은 한 명씩 교대로 발동하면 충분했지만, 「달빛의 눈」이 깨어나면 충격이 엄청나서 두 명으로는 감당할 수 없습니다. 충격을 충분히 회복하지 못한 상태에서 신성한 의식을 진행하다가 자칫 한 명이라도 흔들려 균형이 깨지면 모두가 위험해집니다. 또한 〈팔뉴개문경〉만 써서는 제어가 안 됩니다. 그 아이는 그냥 신성체가 아니라 「달빛의 눈」을 지닌 존재이기에 〈팔문수호검〉까지 있어야만 그 아이가 발휘하는 힘을 완벽하게 제어할 수 있습니다."

〈팔뉴개문경〉은 여덟 명이 들고 있던 거울인 듯하고, 〈팔문수호검〉은 사냥꾼들이 들고 다니는 청동검 중 특별한 힘을 지닌 검인 것 같았다. 아마 여덟 가문이 각기 하나씩 가진 가보인 모양이다.

"가문을 지탱하는 힘과 가보를 모조리 투입하라니……. 총가주에게 숨은 의도가 없다는 걸 어떻게 믿는가?"

의심이 가득 찬 질문이었다.

"명분을 내세워 흑심을 채우려는 건 아닌가?"

불신이 사방팔방에서 뿜어져 공간을 일그러뜨렸다.

토미리스가 주먹을 불끈 쥐더니 두 손을 위로 쭉 뻗었다. 두 손에서 투명한 선이 빛살처럼 뻗어나갔다. 동심원이 교차하며 만든 점들과 투명한 선이 연결되더니, 각 점이 별처럼 번쩍였다.

여덟 가문 가주들은 작은 숨소리도 내지 않았다.

"〈이라두의 발톱〉을 걸고 맹세하지요."

토미리스가 단호하게 선언했다.

"총가주 자리를 걸다니……. 무모한 것인가 아니면 그만큼 확신한다는 것인가?"

"절실하기 때문입니다."

투명한 선이 뻗어나가던 속도보다 빠르게 토미리스 소매 사이로 사라졌다.

"우린 저 아이를 이용해 신성체를 깨울 것입니다. 얼마나 많은 신성체가 깨어날지는 아무도 모릅니다. 그 힘을 모조리 흡수할 것이고, 흡수된 힘은 우리 일족이 수천 년 동안 꿈꿔왔던 소망을 이루어 줄 것입니다."

토미리스 심장이 조금 빠르게 뛰었다.

"감당할 수 있겠는가?"

"무엇을 감당한다는 말입니까?"

"이런 말은 좀 그렇지만……."

"내가 말하지. 총가주 말을 들어보면 「뇌령」이 일부 깨어나는 데서 그치지 않고, 완전하게 부활할 수도 있다는 말로 들리는데, 맞는가?"

"그것까지 기대하고 있습니다."

"과연 우리 일족이 완전히 깨어난 「뇌령」을 감당할 수 있는가?"

"수천 년을 지켜온 꿈입니다."

"총가주! 전승은 전승일 뿐이네. 우리는 「뇌령」을 제대로 몰라. 「뇌령」이 우리 통제에서 벗어나면 어찌 될지 모르네."

토미리스가 발끈했다.

"「뇌령」은 우리가 펼치는 팔문진(八門陣)이 없으면 유지될 수 없습니다. 영원한 질서를 꿈꾼다면 「뇌령」을 완벽하게 깨워서 그 힘을 이용해야 합니다."

"전승에 따르면 그 옛날 조상님들도 「뇌령」을 제대로 몰랐네. 그저 신성한 힘을 잃지 않기 위해서 잠시 이용했을 뿐이지. 팔문진으로 완벽하게 통제할 수 있는지도 확실하지 않아. 이건 신성체를 깨워서 그 힘을 흡수하는 문제와는 차원이 달라!"

"변화를 두려워하시는군요."

"그대가 지닌 욕심을 경계하는 것이네."

팽팽한 긴장이 흘렀다.

토미리스가 아무리 꿈을 말해도 가주들은 설득되지 않았다. 토미리스는 긴 한숨을 내쉬더니 김효민에게 눈짓을 보냈다.

"파수꾼이 나타났습니다……."

김효민 목소리가 떨려 나왔다.

"우리도 들었다."

"한 방향이 아니고 동서남북 네 방위 파수꾼이 모두 깨어났습니다."

"그곳, 도솔시에서 벌어진 이상 현상이 모두 파수꾼 때문인가?"

"그렇습니다. 그리고 이 나라에서 활동하던 최상위사냥꾼 둘이 파수꾼을 신성체로 알고 포획하려다 희생당했습니다."

김효민은 「누」와 새롭게 나타난 존재에 대해서는 말하지 않았다.

"전승에 따르면 파수꾼이 깨어나면 다스리는 자도 귀환한다고 했습니다."

"다스리는 자라면 전승에서 말한 그분 말인가?"

가주들에게서 긴장감이 뚜렷이 느껴졌다.

"그렇습니다."

"말도 안 된다. 전승에 따르면 그분은 저주에 걸렸고, 자기 자신을 잃었다고 했다."

말하는 이가 살짝 떨고 있었다.

"그건 억지다. 그분은 다시 돌아올 수 없다."

강한 부정은 그만큼 큰 두려움을 반영했다.

"저와 같이 출동했던 최상급사냥꾼 한 명, 상급사냥꾼 15명, 중하급사냥꾼 85명이 희생당했습니다."

김효민에게서 분노와 슬픔이 느껴졌다.

"말도 안 된다. 혹시 파수꾼인데 잘못 판단하지 않았는가?"

"아무리 파수꾼이라 해도 그 정도 전력이면 대등하게 싸울 힘이 됩니다. 심지어 저희는 최상급 결계를 펼쳐놓고 그 안에서 싸웠습니다. 그런데도 바람에 낙엽이 날리듯 휩쓸려 버렸습니다."

"믿을 수 없다."

"「달빛의 눈」을 지닌 그 아이가 그분이 걸린 저주를 풀어버렸기 때문입니다."

"「달빛의 눈」이 그분에게 드리운 저주를 풀 수 있다는 전승은 듣지 못했다."

가주들은 좀처럼 믿으려 들지 않았다.

"황금 날개를 보았습니다."

김효민이 엄숙하게 말했다.

"정말인가?"

"제 목숨을 걸고 말씀드립니다."

김효민이 단호히 대답하자 가주들은 더는 아무 말도 하지 않았다. 무거운 침묵이 그들이 느끼는 두려움이 얼마나 큰지 생생하게 드러냈다.

"저도 그분을 만났습니다. 첫눈에 그분임을 알아보았습니다."

토미리스가 다시 나섰다.

"이제 그분은 파수꾼과 함께 신단수를 깨울 것입니다."

"그분이 신단수를 깨워서 무엇을 하려는 것인가?"

"아마도 우리가 지닌 힘을 모두 거둬들이고, 직접 세상을 다스리려 하겠지요."

그들이 나누는 이야기를 들으니 황련과 나눈 대화가 떠올랐다.

이모네 집을 떠난 뒤 얼마 지나지 않아 연화가 각성했고, 도시가 한 바탕 뒤집혔다. 그때 황련이 나를 찾아왔고, 신비한 곳에서 연화 친구인 루미도 만났다. 루미를 돌려보내고 황련은 오랜 과거에 있었던 이야기를 들려주었다. 이야기를 마무리하며 황련은 진한 후회를 풀어놓고는 자기 계획을 설명했다.

"마지막에…… 다시 흔들렸어. 작은 자비심이…… 어리석은 연민이 오랫동안 계획했던 일을 망치고 말았어. 그러지 말아야 했는데, 그때 칼을 휘둘러야 했는데……. 다시는 그런 어리석은 연민은…… 없을 거야. 참된 연민으로 칼을 쓸 거야."

"칼을 쓰는 게 어떻게 참된 연민이야? 네 칼에 수많은 생명이 쓰러지고 죽어 나갈지도 모르는데."

"역설이지만 진실이야. 내가 세상을 책임진 그 순간부터 나는 연민에 휘둘렸고, 자비심에 흔들렸어. 꽃을 예쁘게 가꾸면 잡초는 자라지 않을 줄 알았지만, 결과는 반대였어. 그때 꽃만 가꾸지 않고 잡초를 뽑아버렸다면 세상은 달라졌을 거야. 어리석게도 나는 꽃만 가꾸고 잡초에게 자비를 베풀었어. 그 탓에 사람들은 두려움을 잃었고, 탐욕은 끝없이 커졌지. 내가 실패한 뒤에 벌어진 일을 봐. 수천 년 역사가 증명하잖아. 꽃을 가꾸려면 잡초를 뿌리 뽑아야 함을……."

"그래도 더 나은 삶을……, 더 예쁜 꽃을…… 가꾸려고 노력하는 사람도 있어."

반박하면서도 확신은 없었다. 사람들이 얼마나 거짓으로 자신을 포장하는지 그 누구보다 잘 알기 때문이다. 내가 보는 세상은 온통 잿

빛이었다. 밝은 빛은 이모 집에서 지내면서 살짝 맛봤을 뿐이다. 그런 내가 황련이 펼치는 주장에 맞서 세상을 좋게 표현하려니 말에 힘이 실리지 않았다.

"신단수에는 그동안 사람들이 남긴 모든 흔적이 남아 있어. 지금, 이 순간에 벌어지는 모든 일도……. 나는 신단수를 만나며 다시 확인했어. 사람들 사이에 잡초가 얼마나 무성한지……."

문득 의문이 들었다. 나를 괴롭히던 이들도 모두 잡초일까? 툭하면 거짓말로 자신을 포장하는 이들도 모두 잡초일까? 잡초를 없애면 꽃으로 이루어진 세상이 펼쳐질까? 그런데 잡초와 꽃은 어떻게 다르지? 어쩌면 나도 잡초가 아닐까? 잡초는 꼭 뽑아서 버려야 하나? 의문이 꼬리를 물고 일어났다. 어떤 질문부터 해야 할지 갈피를 잡지 못한 채 방황하다가 그냥 방법만 묻고 말았다.

"그래서 사람 사이에 자라는 잡초를 어떻게 뽑을 건데?"

"신단수는 모든 생명과 이어져 있어. 사람은 물로 이루어졌고, 영혼이 깃들어 있으며, 다양한 감정을 맛보고, 여러 고통을 느끼지."

그때는 그 말에 담긴 의미를 온전히 이해하지 못했다. 그러나 이후 벌어진 사건을 접하며 황련이 계획한 바를 어느 정도 헤아릴 수 있었다. 연화는 물을 다루며, 단아는 영혼과 접속하고, 은석이는 감정을 조종하며, 강산이는 육체가 고통을 느끼게 만들고, 신단수는 모든 사람과 이어져 있다. 신단수와 네 가지 힘을 이용해 황련은 잡초를 가려내고, 잡초가 자라지 못하게 억제하며, 필요하면 잡초를 뽑아낼 수도 있을 것이다.

　마음 안에서 꿈틀대던 의문은 풀리지 않았지만 나는 대체로 황련이 세운 계획에 동의했다. 내가 잡초일지도 모르지만, 내가 잡초라면 뽑혀야겠지만, 잡초가 사라진 세상은 아마도 지금보다는 아름다우리라 믿었다. 그러나 사냥꾼들에게 붙잡힌 채 어둠뿐인 지하에 갇혀 지내면서 의문이 새싹처럼 다시 밀고 올라왔다.

　'과연 그 계획이 옳을까?'

　미래는 알 수 없다. 황련도 모른다. 이제 미래를 알려주는 예언서도 없다. 예상치 못한 부작용이 생길지, 아름다운 꽃밭이 펼쳐질지는 모른다. 그러니 이 질문은 적절하지 않다. 질문을 바꿔야 한다. 질문은 미래가 아니라 황련에게 초점을 맞춰야 한다. 그 옛날에 황련은 왜 계획대로 하지 못했을까? 황련이 말한 대로 정말 어리석은 연민이나 자비심 때문이었을까? 그게 아니라면 무슨 이유 때문이었을까? 어쩌면 그 계획이 황련에게 맞지 않는 옷이었을지도 모른다. 고심 끝에 나는 적절한 질문을 찾았다.

　'황련 자신은 그 계획을 진심으로 원할까?'

　"다시 말씀드립니다. 최상위사냥꾼 세 명, 상급사냥꾼 열다섯 명, 각 가문이 보유한 〈팔뉴개문경〉과 〈팔문수호검〉을 보내 주십시오. 한시가 급합니다."

　"최상위사냥꾼은 그렇다고 해도 왜 상급사냥꾼을 열다섯 명씩이나 원하는가?"

"혹시 모를 공격에 대비한 방어병력이 필요합니다."

"중하급사냥꾼들은 전혀 필요치 않은가?"

"방해만 됩니다."

"총가주는 중하급사냥꾼이 지닌 실력을 무시하는군."

"실력을 무시해서가 아니라 그만큼 파수꾼들이 지닌 능력이 강력하기 때문입니다. 파수꾼 가운데 사람 심리를 마음대로 조종하는 자도 있고, 다치지도 않았는데 고통을 느끼게 만드는 자도 있습니다. 심지어 대낮인데도 영령을 깨워 마음대로 조종하기도 합니다. 상급사냥꾼이 아니면 싸우기도 전에 당할 뿐만 아니라, 도리어 저들 편에 서서 우리를 공격하게 될 것입니다."

"지금 그 말을 들으니 상급사냥꾼 열다섯 명씩을 파견한다 해도 제대로 방어하지 못할 것 같은데. 내 말이 틀렸는가?"

"저를 무시하지 마십시오."

토미리스가 매섭게 되받아쳤다.

"총가주는 신성한 의식을 이끌어야 하지 않는가? 총가주가 아니면 누가 이 제단을 통제한단 말인가?"

토미리스는 김효민 등을 슬쩍 밀었다.

"그 재능이 뛰어나다는 소문은 익히 들었지만, 총가주도 아닌데 제단을 통제할 힘이 그에게 있는가?"

"그분이 친 결계를 깨고 나왔습니다. 그 정도면 충분하지 않습니까? 그리고 효민은 「달빛의 눈」을 지닌 그 아이를 가장 잘 압니다."

토미리스는 확신에 차 있었다.

"만약에 제단이 발동한 상태에서 그분이 오면 어찌 되는가?"

"신단수를 깨우기 위한 준비에 들어갔으니 오지 않을 것입니다."

"그걸 어떻게 확신하나?"

"그렇지 않다면 「달빛의 눈」이 우리 손에 들어오지 못했을 것입니다. 그분에게 그 아이는 가장 소중한 존재인데도 나타나지 않았다는 것은 신단수를 깨우기 위한 준비에 들어갔다는 뜻이고, 준비에 들어간 이상 움직이지 못합니다. 그래서 더더욱 서둘러야 합니다."

"준비를 마치고 올 수도 있지 않은가?"

"오더라도 저와 한 약속을 지키라고 요구하면 간섭할 수 없습니다."

"약속은 깨면 그만이다."

"그분은 신성한 약속을 어길 수 없습니다."

토미리스는 확고했다.

더는 질문이 이어지지 않았다. 침묵이 길어지니 집중력도 흐트러졌다. 더는 소리도 보이지 않고, 움직임도 느껴지지 않았다.

몇 분 뒤, 돌문이 열리고 토미리스가 씩씩거리며 나왔다.

"알량한 힘을 움켜쥐고 잃어버릴까 봐 바들바들 떠는 겁쟁이들 같으니!"

"무슨 일인지 모르지만 잘 안되었나 봐요?"

한껏 빈정거리며 신경을 건드렸다.

토미리스는 나를 째려보더니 큰 걸음으로 먼저 가버렸다. 김효민은 원래 내가 갇혔던 방으로 나를 데려갔다.

"초라도 주면 안 되나요?"

김효민은 대답 없이 문을 닫으려 했다.

"언제까지 절 이렇게 붙잡아둘 거죠?"

대답은 들리지 않고 쇠문이 굳게 닫혔다.

다시 어둠이었다. 조금 어색했지만 곧바로 적응했다. 침대에 앉아 깊이 호흡하며 감각을 다시 깨웠다. 아무래도 〈팔뉴개문경〉에서 나온 빛이 내 감각을 극대화한 듯했다. 그걸 다시 확인하고 싶었다. 어둠은 감각을 예민하게 하는 데 도움이 되었다. 공간이 그려지고 그곳에서 움직이는 사람들도 느껴졌다. 내가 알아들을 수 없는 말들이었지만 대화도 들렸다. 토미리스와 김효민을 찾아봤으나 그 둘은 느껴지지 않았다. 더는 변화가 없어서 감각을 거둬들였다. 나는 침대에 누웠다.

'내가 어찌할 수 없다면 흐름에 맡겨야지. 내게 벌어진 일들이 다 그랬잖아.'

걱정을 덜어내니 마음이 차분해지고, 달콤한 잠이 찾아왔다.

밥을 먹고 침대에 앉아 감각을 깨웠다. 연습하면 할수록 조금씩 감각이 더 먼 데까지 뻗어나갔다. 곳곳에서 낯선 움직임과 소리가 들렸다. 알아듣지 못하는 말들이 머리를 어지럽혔다. 긴 복도를 지나 드디어 익숙한 목소리를 찾아냈다. 나와는 멀리 떨어진 방이라 감각이 흐릿했지만, 말을 알아듣기에는 지장이 없었다.

"공사는 오늘이면 마무리됩니다."

"늦지 않게 마무리되어서 다행이군. 도착 상황은?"

"오가(蜈家), 마가(馬家), 저가(狙家), 랑가(狼家), 응가(鷹家)는 이미 도착했고, 상가(象家)와 별가(鱉家)는 오후에 도착한답니다."

"추적당하지 않게 주의했겠지?"

"모두 결계를 이중삼중으로 치면서 오도록 했습니다."

"호가(狐家)는 어떻게 됐지?"

"출발한다는 말은 가장 빨리 들었는데 도착은 가장 늦은 내일 아침이라고 합니다."

"호가는 한결같군."

"저는 그들이 오지 않기를 바랐습니다."

"나도 썩 반갑지 않아. 그렇지만 그들이 가진 〈팔뉴개문경〉과 〈팔문수호검〉이 필요해."

"호가는 늘 조심해야 합니다."

"안다. 이번 일에서 누가 배신한다면 바로 그들이 맨 처음일 테니까. 호가가 오면 곧바로 제단을 가동하는 연습을 시행해."

"알겠습니다."

물러나려던 김효민이 조심스럽게 물었다.

"통증은 괜찮으십니까?"

"여전해."

토미리스는 선글라스를 벗더니 눈을 가볍게 비볐다.

"부상자들은 어떻게 됐지?"

토미리스가 물었다.

"모두 괜찮아졌습니다."

"다른 가문에서 온 이들에게 파수꾼들이 지닌 능력을 자세히 알려 줘. 혹시라도 싸움이 벌어지면 방어진을 벗어나지 말고 무조건 진을 이뤄서 대결하라고 주지시켜."

"명령대로 하겠습니다."

토미리스는 얕게 신음을 내뱉었다. 흐릿했지만 분명히 신음이었다.

"총가주! 알아보니 동쪽 파수꾼은 학교에 그대로 다니고 있습니다. 지금 전력이면 충분히 제압할 수 있습니다."

"결계 외에는 아직 동쪽 파수꾼이 발휘하는 고통 능력을 방어할 방법이 없어. 일이 틀어지면 중요한 일을 앞두고 막대한 전력 손실을 입을지도 몰라. 무엇보다 지금은 「뇌령」을 깨우는 데 집중할 때야."

"그래도 총가주님 통증은……."

"멍청한 방심에 따른 대가치고는 싼 편이었어."

"알겠습니다. 쉬십시오."

김효민이 나가자 토미리스는 더 짙은 신음을 흘리며 침대로 가서 누웠다.

아마도 토미리스는 강산이가 뿜어낸 기운에 당한 모양이다. 부하들은 모두 괜찮아졌는데 가장 강력한 능력을 지닌 토미리스가 고통에서 벗어나지 못하는 까닭이 무엇인지는 모르겠다. 어쩌면 강산이가 남긴 고통이 토미리스가 능력을 제대로 발휘하지 못하도록 할지도 모른다는 생각이 들었다.

다음 날, 다시 새 옷이 들어왔다. 방도 옮겼다. 이번에는 욕실과 전등을 갖춘 방이었다. 깨끗이 씻고 옷을 갈아입으라는 말에 심통을 부리고 싶었지만, 오랫동안 제대로 씻지 못해 찌뿌둥했기 때문에 그냥 시키는 대로 했다. 옷을 갈아입고 나니 사냥꾼 두 명이 나를 데리러 왔다. 복도를 지나 어제와 같은 장소로 갔다. 여덟 개 원 안에 사냥꾼들이 세 명씩 서 있었는데 모두 가면을 쓰고 있었다. 익히 봤던 여덟 가지 동물 가면이었다. 김효민이 그들에게 이것저것 지시하면서 설명했다. 그들 손에는 동그란 물건이 들려 있었는데 거울은 아니었다. 칼은 한눈에 봐도 나무로 만든 모조품이었다. 모형을 들고 하는 연습인 모양이었다. 그들은 내가 알아듣지 못하는 말로만 대화를 나누며 합을 맞췄다. 답답한 시간이었다.

그날은 불빛이 있는 방에서 쉬었다. 혹시라도 특이한 대화가 오가는지 계속 들어봤지만, 다들 외국어로만 말해서 뜻을 이해하지 못했다. 다음 날, 잔뜩 긴장한 김효민이 와서 전과 같은 곳으로 데려갔다. 김효민은 나를 원 안에 세웠다. 원 밖으로 벗어나려고 했지만 보이지

않는 힘 때문에 벗어날 수 없었다. 김효민이 위로 붕 떠오르더니 보랏
빛 원 안으로 사라졌다. 천장에 있는 여덟 개 원에서 아래쪽으로 빛이
비치더니 한 사람씩 내려왔다. 그들은 가면을 쓰고 눈처럼 하얀 옷을
입었는데, 각자 왼손에는 〈팔뉴개문경〉을, 오른손에는 〈팔문수호검〉
을 들고 있었다.

가늘고 긴 칼날은 손잡이부터 거의 끝까지 미세한 틈이 벌어져 있
었다. 칼을 부드럽게 휘두를 때마다 틈새에서 번쩍거리는 빛이 났다.
손잡이에는 칼을 든 사람이 쓴 가면과 동일한 짐승을 옥으로 형상화
한 조각품이 달려 있었다. 칼날은 방금 날을 세운 듯 번쩍였는데, 옥은
그와 달리 긴 세월을 지나온 흔적이 역력했다.

여덟 명이 동시에 같은 말을 내뱉었고, 손에 든 거울을 일정한 방향
으로 움직였다. 마치 한 사람이 하는 동작처럼 일사불란했다. 어느 순
간 여덟 방위와 천장에서 내게 빛이 쏟아졌다. 빛이 강렬해지면서 점
점 감각이 사라지더니 시간도 공간도 무뎌졌다. 마침내 내가 존재한
다는 자각마저 사라졌다. 그러나 의식이 사라지지는 않았다. 의식이
부유물처럼 떠다니는데 나는 없었다. 나를 인식하지 못하는 의식이라
니……. 나는 어디로 가버렸지? 이 의식은 과연 내 것인가?

02

배신자의 질투

이루미 _ 『달빛소녀와 죽음의 도시』

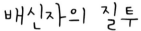

엄마를 찾으러 떠났던 연화는 나흘 뒤에 우리 집으로 돌아왔다.

"엄마는 찾았어?"

연화를 만나자마자 서둘러 물었다.

"응."

연화가 시큰둥하게 대답했다.

그리 기뻐하는 것 같지 않아서 혹시 엄마가 안 좋은 처지인지 걱정
이 되었다.

"어떠……신데?"

"잘살아. 예상보다 훨씬……."

"잘됐네!"

나는 기뻐했지만 연화는 여전히 시큰둥했다.

"만났어?"

"그냥 지켜보다가 왔어."

"왜?"

"어떻게 해야 할지 몰라서."

연화 마음을 짐작할 수는 있었다.

"막상 엄마를 보니 감정이 복잡해. 나와 아빠를 버리고 떠났잖아."

씁쓸한 기분이 들었다.

"앞으로 어떻게 할 거야?"

"모르겠어."

나는 얼른 화제를 돌렸다.

"우리 엄마가 너랑 같이 지내도 된다고 했어."

"고마워. 신세 좀 질게."

"신세는 무슨. 셋이 살기에는 큰 집이라 네가 같이 살면 더 좋아."

"넌 참 좋은 친구야."

연화는 우리 집에서 지내면서도 학교에 가지는 않았다. 당분간 가출 청소년으로 남고 싶다고 했다. 다행히 소미도 연화를 잘 따랐다. 어디 가서 연화 이야기는 하지 말라고 신신당부했는데, 소미는 자신이 소중하게 여기는 인형까지 걸고 약속했다.

며칠 동안 집에서 쉬던 연화는 은별 언니에게서 연락이 올 때면 몇 차례 나갔다 왔다. 다녀와서는 그날 있었던 이야기를 자세히 들려주었다. 나도 다시 은별 언니와 황련을 만나고 싶었다. 다시 만날 기회를 엿보는데 은별 언니가 납치당했다는 소식이 전해졌다. 그 뒤로 연화는 틈만 나면 은별 언니를 찾으러 다녔다. 연화가 돌아오면 나는 은별 언니를 찾았는지부터 물었다.

"상수도와 하수도로 연결된 모든 곳을 다 뒤졌는데도 없어."

"무슨 일을 당하지 않았겠지?"

"특별한 언니니까 그들도 함부로 하지는 않을 거야."

"혹시 다른 도시로 옮긴 건 아닐까?"

"안 그래도 우리끼리 그럴 가능성을 논의했는데, 아무래도 도솔시를 벗어나지는 않았을 거라는 데 의견이 모였어."

"상수도와 하수도가 연결되지 않은 건물은 없어. 이 도시 어디에든 있기만 하면 네가 못 찾았을 리 없잖아. 우리나라를 샅샅이 뒤져서 어릴 때 헤어졌던 엄마까지 찾아냈는데……."

"시청에서 난리가 났을 때 있잖아. 은석이 말로는, 그때 총가주라는 여자가 시장한테 끝까지 어떤 계약서에 서명하라고 했대. 무서운 능력까지 드러내면서. 사냥꾼은 일반인에게 절대 능력을 보여주지 않고, 혹시라도 보면 어떻게든 입막음하거나, 심하면 죽이기도 한대. 그런데 사냥꾼을 이끄는 총가주가 능력을 드러내면서까지 다급하게 계약서에 서명을 받으려고 했다면, 이 도시에서 반드시 해야 할 일이 있었다는 뜻일 거야. 은별 언니를 납치한 까닭이 그 계약서와 관련 있을 거라는 게 은석이가 내린 결론이고, 우리도 거기에 동의했어.”

"상하수도가 없는 건물을 찾아야 하는 거 아니야?”

"안 그래도 그 말이 나오긴 했는데, 꼭 그렇지도 않은가 봐. 그들은 스스로 숨겠다고 작정하면 완벽하게 숨을 수 있대. 절대 들키지 않고.”

그 뒤로도 연화는 틈만 나면 은별 언니를 찾으러 다녔지만 성과는 없었다.

모르는 곳에서 비밀스러운 일이 진행되고 있어도 일상은 아무 문제없이 돌아갔다. 도솔시에서 벌어졌던 기이한 일들에 관한 관심도 조금씩 식어갔다.

"이제 학교로 다시 돌아오는 건 어때? 고등학교 진학도 해야 하잖아.”

"애들이 날 이상하게 여기지 않을까?”

"걱정하지 마. 이렇게 예뻐져서 질투는 하겠지만.”

"질투?”

연화는 질투라는 표현을 낯설어했다.

"그래, 질투! 예쁘고 날씬하고, 피부도 벚꽃처럼 하얗고.”

"나를 질투한다고? 내가 질투를 받는다고……?”

연화는 자신도 모르게 얕게 웃었다. 가난하고 외롭게 자라서 남을 부러워한 적은 많지만, 남이 부러워하는 삶은 한 번도 누린 적이 없었다. 늘 남을 질투하고, 남이 사는 삶을 소망하기만 했다. 그런 연화라서 남이 자신을 질투한다는 말은 자기 삶을 긍정하게 만드는 효과를 발휘했다.

연화는 학교에 다시 가기로 약속했다. 그 소식을 들은 엄마는 반가워하며 적극 도왔다. 학용품, 가방, 옷, 교복도 마련하고, 학교에 연락해서 행정 절차도 마무리했다. 또 변호사를 통해 가출과 관련한 경찰 조사도 연화에게 아무런 해가 가지 않는 방법으로 정리했다. 엄마 단골 미용실에 데려가서 머리도 예쁘게 손질했다.

연화가 등교하는 전날, 그러니까 일요일 저녁 식사에 진서와 민혜를 우리 집으로 초대했다. 연화가 무탈하게 반에 다시 안착하려면 아무래도 둘이 도와주면 좋을 것 같았기 때문이다. 연화가 벌인 그 난리통을 함께 겪으며 진서와 민혜는 나와 더 돈독한 친구가 되었다. 그 반면에 연화를 구출할 때 배신했던 수경이와는 데면데면한 사이가 되었다. 수경이는 그때 일을 더는 꺼내지 않았고, 수경이가 말하고 싶지 않은 듯해서 굳이 나도 거론하지 않았다. 어쨌든 수경이는 그동안 겪은 일을 다른 애들에게 말하지 않기로 했고, 수경이가 비밀을 지키는 한 나는 수경이가 한 배신을 문제 삼지 않기로 했다.

진서와 민혜는 일요일에 저녁 먹으러 올 때까지도 연화가 우리 집에 있는지 몰랐다. 소미는 오랜만에 온 내 친구들을 싹싹하게 대하면서 분위기를 띄웠다. 떠들썩하게 감탄을 쏟아내며 진수성찬인 밥상에 둘러앉았을 때 나는 중대 발표가 있다고 선언했다.

막 젓가락을 들고 반찬에 손을 뻗으려던 진서와 민혜 손이 멈췄다.

"오늘 너희들에게 반가운 친구를 소개할게."

나는 한껏 분위기를 잡았다.

"친구?"

"수경이는 아니지?"

수경이라는 이름에 살짝 씁쓸했지만 얼른 뒤로 밀쳤다.

"이제 나와!"

내가 크게 불렀다.

내 신호에 맞춰 방문이 열리고 엄마가 사준 옷으로 예쁘게 꾸민 연화가 나타났다.

"누, 누구……?"

민혜는 전혀 알아보지 못했다.

"설마 연……화?"

눈썰미 좋은 진서는 연화라는 걸 알고도 고개를 갸웃거렸다.

"맞아, 너희들이 구해준."

연화가 살포시 예쁜 웃음을 지었다.

"세상에……."

"어쩜 이렇게 예뻐졌어?"

민혜는 놀라서 젓가락을 놓쳤고, 진서는 벌떡 일어났다.

민혜와 진서는 진심으로 연화를 반겼다. 연화는 그동안 몸이 안 좋아서 우리 엄마 도움으로 치료받았다고 둘러댔다. 저녁을 맛있게 먹고, 넷이 모여서 늦은 밤까지 수다를 떨었다. 나는 연화가 내일부터 등교할 테니 잘 도와주자고 부탁했다.

"걱정 마!"

"누가 괴롭히면 내가 가만히 안 둘 테니까."

진서와 민혜는 역시 좋은 친구들이었다.

연화가 등교하자 친구들 반응은 기대 이상이었다. 날씬하고 하얀 피부에 머리부터 발끝까지 꾸민 연화는 내가 봐도 예뻤다. 전학생인 지 알고 다가왔다가 연화라고 하니까 처음에는 장난치지 말라고 했는데, 연화인 걸 확인하고는 다들 기겁했다. 연화가 몰라보게 예뻐져서 돌아왔다는 소문에 다른 반 애들까지 우르르 몰려들었다. 선생님이 조회하러 들어올 때까지 우리 반 교실은 다른 반 친구들로 북적거렸다. 선생님은 다른 반 애들을 내보내지 않고 연화가 관심받는 상황을 흐뭇하게 지켜보았다.

딱 한 사람, 수경이만은 처음부터 끝까지 연화에게 무관심한 척했다. 가끔 힐끔거리기만 할 뿐 애써 외면했다. 수경이가 연화를 반갑게 맞아줄 거라고 기대하지 않았지만 조금 아쉬웠다. 그렇다고 수경이에게 "너 왜 그러니?" 하며 따질 수는 없는 노릇이었다. 담임 선생님뿐 아니라 다른 과목 선생님들도 연화를 따뜻하게 맞아주었다. 그중에서도 음악 선생님은 으뜸이었다. 수업하기 전에 연화를 앞으로 불러내더니 손을 꼭 잡고 한참 동안 이야기를 나누었다. 선생님은 진심으로 연화를 반겼다.

"돌아온 기념으로 노래 한 곡 할래?"

이야기를 마치며 선생님이 제안했다.

"한동안 노래를 안 불러서 어떨지 모르겠어요."

연화가 예전에 얼마나 노래를 잘 불렀는지를 기억하는 친구들은 기다렸다는 듯이 선생님과 함께 연화를 재촉했다.

"그냥 가벼운 노래로 한 곡만 해."

선생님이 부담을 덜어주자 연화는 조심스럽게 피아노 앞에 앉았다. 건반을 부드럽게 누르며 손가락을 풀었다.

"옛날에 만든 노래는 칙칙해서 못 부르겠어요. 며칠 전부터 악상과 노랫말이 새롭게 떠올라서 간단하게 작곡과 작사를 했는데 아직 미완성이에요. 미완성인 대목은 그냥 떠오르는 대로 부를게요."

연화는 깊이 심호흡하고는 첫 음을 흐르듯이 내놓았다.

너는 내게 말해

괜찮다고

믿어도 괜찮다고

내민 손을 거칠게 내쳤지만

너는 또 손을 내밀며 내게 말해

괜찮아

의지해도 괜찮아

긴긴밤 홀로 이불을 쓰고

깨진 유리창으로 불어오던 찬바람을 원망하던 내게

너는 약속했지

괜찮아

너에게 오라고

네 손을 잡으라고~ ♩♪

연화는 허밍을 하며 피아노 선율을 빚어냈다. 어깨가 가볍게 흔들
리더니 피아노 선율도 물살처럼 빠르고 맑아졌다.

내게 봄날은 오지 않을 줄 알았는데

상큼한 꽃바람이 불어와

내게 풍성한 가을은 오지 않을 줄 알았는데

달콤한 과일 향이 넘실대

뜨거운 네 심장이 나를 두드려

차가운 내 심장이 너를 맞이해

황금별이 뜨는 새날이 오다니

고드름이 녹는 봄날이 오다니

루리루라라 바라라바바

하리하라라 바라라바바~ ♪♬

절정으로 올라간 음은 노랫말 대신 신나는 흥얼거림으로 채워졌

다. 연화는 멜로디와 리듬을 자유롭게 흔들며 놀았다. 다들 손뼉을 치며 연화와 리듬을 맞췄다. 점점 잦아들던 목소리와 피아노 음이 뚝 끊기더니, 연화가 반주 없이 목소리로만 노래를 마무리했다.

손 내민 너
손잡은 나
꼭 잡은 두 손~ ♪♪

노래가 끝나자 박수와 함성이 쏟아졌다. 음악 선생님마저 감탄을 연발했다. 노래를 마친 연화가 나를 보며 빙그레 웃었다. 노래를 들으며 혹시나 했던 마음이 확신으로 바뀌었다. 연화가 나에게 들려주는 노래였다. 가슴이 뭉클해서 눈물이 나려고 했다. 그러다 날 선 투덜거림이 내 소중한 감흥을 깨뜨렸다.

"쳇, 잘난 척은……."

나는 뒤로 휙 고개를 돌렸다. 내 시선이 수경이와 정면으로 부딪쳤다.

"왜? 뭐 어쩔!"

수경이가 입을 삐쭉 내밀며 거친 말을 토해냈다. 뭐라고 한마디 하려다가 그만두었다. 따져봐야 들을 수경이가 아니었다. 무시하는 게 나았다.

음악 시간이 끝나고 교실로 돌아갈 때도 애들은 연화가 부른 노래를 화제에 올렸다. 연화가 나를 위한 노래를 불러서 고맙기도 했지만, 친구들과 잘 어울리게 된 게 무엇보다 기뻤다. 같이 자연스럽게 수다 떨며 가는데 수경이가 또다시 훼방을 놓았다.

"즉흥곡 좋아하네. 또 우리가 잘 모르는 노래를 흉내 냈겠지."

지난번에 연화가 노래를 잘 불렀을 때와 같은 짓이었다.

아무래도 그냥 내버려 두면 안 될 듯했다. 내가 한마디 하려는데 민혜가 먼저 나섰다.

"야, 네가 뭘 안다고 그래?"

민혜가 대차게 쏘아붙였다.

"넌 뭐 아냐?"

수경이도 밀리지 않았다.

"좋은 노래 들어놓고, 꼭 그렇게 악담해야 하겠어?"

"하고 싶은 말도 내 맘대로 못 해?"

수경이가 입을 뒤틀면서 삐죽거렸다.

"부러우면 부럽다고 해."

"공부도 못하는 년이 뭐가 부러워."

"년? 년이 뭐냐, 년이?"

"그럼, 분이라고 할까?"

교실에 들어설 때까지 둘이 팽팽하게 다퉜다.

더는 시끄럽게 일을 키우기 싫어서 내가 얼른 민혜를 말렸다. 수경이가 못되게 굴었지만 다른 친구들은 수경이에게 조금도 영향을 받지 않았다. 다들 연화를 좋아했고, 연화와 가까워지고 싶어서 다가왔다.

　다음 날은 더 신나는 일이 생겼다. 연화가 노래 부르는 모습을 진서가 몰래 찍어서 SNS에 올렸는데, 삽시간에 조회 수가 올라갔다. 댓글이 수천 개나 달리고, 수백 명이 공유했다. 다른 반 친구들뿐 아니라 선생님들 사이에서도 화제가 될 정도였다.
　더 놀라운 소식은 저녁때 진서에게서 날아들었다.
　"야! 대박! 대박!"
　전화를 먼저 건 진서는 신나서 어쩔 줄 몰랐다.
　"뭔데 그래? 너 또 사고 쳤냐?"
　"사고는 사고지."
　"또 이상한 영상을 올리진 않았지?"
　"더 있으면 나야 좋지."
　"뭔데 그래?"
　"그게 말이야."
　진서는 한참 뜸을 들였다. 내가 재촉하자 그제야 엄청난 소식을 전했다.
　"기획사에서 연락이 왔어."
　"기획사라니……?"
　누구나 알 만한 유명한 기획사에서 쪽지가 왔는데, 연화 연락처를 알려달라고 했다는 것이다.

"그래서 알려줬어?"

"아직. 먼저 연화에게 허락받아야 하잖아."

나는 잠시 연화한테 상황을 설명했다. 연화는 기꺼이 수락했다. 진서는 자기 일처럼 기뻐하더니 곧바로 답장을 보내겠다고 했다.

기획사에서 연락이 왔다는 소식을 진서가 SNS로 알렸고, 학교는 더 난리가 났다. 심지어 "우리 학교에서도 드디어 연예인이 나오는 거 아니야?" 하면서 설레발치는 친구도 있었다. 아무튼 그 덕분에 연화를 향한 호감은 더욱 커졌고, 연화는 학교생활을 즐겁게 해나갈 수 있게 되었다. 물론 딱 한 명만은 그 소식을 반기지 않았다.

"유명한 기획사면 뭐 해? 연습생으로 길게 지내다 인생 망친 애들이 한둘이야?"

수경이는 나와 연화가 들으라는 듯 일부러 큰소리로 악담했다.

"그래도 실력이 있잖아."

앞에 앉은 애가 지지 않고 반박했다.

"저 정도 실력은 흔해 빠졌어."

"연화 실력은 웬만한 가수보다 나아."

"네가 뭘 안다고?"

"내 귀는 귀가 아니니?"

수경이가 밀리는 듯해서 기분이 좋았다. 그러나 그 뒷말을 듣고는 울컥 화가 치밀었다.

"실력만 있다고 되냐? 집에 돈이 있어야지. 연화 걔가 거지인데, 되겠냐?"

안 된다는 건 알지만 수경이를 한 대 치고 싶었다.

수경이가 꼴 보기 싫었지만 그래도 대놓고 따지지는 않았다. 그러나 학교에 떠도는 소문을 접하고는 더는 참을 수가 없었다. 연화가 쓰레기 폭풍을 일으킨 장본인이고, 자신을 죽이려고 했던 범인이라는 말이었다. 수경이가 낸 소문이 틀림없었다. 수경이는 약속을 깼다. 어떤 일이 있어도 그 일만은 비밀로 하기로 했던 약속을 깬 것이다. 수경이가 약속을 깬 이상 그냥 넘어갈 수는 없었다.

"너 정말 그따위로 굴 거야?"

"내가 뭘?"

"해야 할 말이 있고, 하지 말아야 할 말이 있지."

"내가 뭘 어쨌다고 지랄이야?"

"네가 소문냈잖아!"

"진실은 알려야지."

"철석같이 약속해 놓고 그따위로 굴 거야?"

"거짓말하기로 한 약속도 지켜야 해? 언제부터 정의로운 이루미 회장님께서 그렇게 야비해졌어?"

"이게 정말!"

사냥꾼들에게 잡힌 연화를 구하려고 할 때 배신한 수경이가 떠올랐다. 연화를 구한 뒤 우리끼리 약속할 때도 수경이가 가장 큰 걱정이었다. 수경이는 필요하면 언제든지 뒤통수를 칠 수 있을 것 같았다. 그 걱정이 현실이 된 것이다. 수경이가 퍼트린 소문은 은근히 영향력을 발휘했다. 친구들 사이에서 묘한 분위기가 감지되었다. 연화도 그런 분위기를 알고 조금 걱정했는데, 뜻하지 않게 문제가 해결되었다.

한참 수업을 듣는데 학교 밖에서 엄청난 폭음과 함께 요란한 소음이 들렸다. 다들 수업하다 말고 놀라서 소음이 나는 쪽을 보다가 기겁했다. 거대한 회오리가 일어나 건물 유리창을 박살내고, 온갖 것들을 빨아들였다. 연화가 만들었던 회오리와는 견줄 수 없을 만큼 크기가 작았지만 형태는 거의 비슷했다. 연화도 놀라며 밖에서 벌어진 사태를 지켜보았다. 십여 분 동안 휘몰아치던 회오리는 학교 운동장을 비롯해 곳곳에 쓰레기를 뿌려놓은 뒤 갑작스럽게 사라졌다.

뉴스에서는 예전에 벌어졌던 일이 거론되며 또다시 큰 사건이 일어날 징조라는 예측이 넘쳤다. 확실히 불길한 징조였지만 좋은 점도 있었다. 연화가 교실에 있을 때 벌어진 사건이라 연화를 향한 의심이 깨끗이 사라진 것이다. 연화에게 확실한 알리바이가 생겼고, 수경이가 퍼트린 소문이 거짓이라는 증거가 되었다. 졸지에 수경이는 질투심에 사로잡혀 거짓 소문을 퍼트린 못된 애로 찍히고 말았다.

금요일 오후, 기획사에서 연락이 와서 다음 날 오후에 만날 약속까지 잡았다. 신나서 집에 왔더니 엄마가 이미 와 있었다. 엄마는 금요일

이른 오후에는 퇴근한 적이 한 번도 없었기 때문에 의아했다.

"엄마, 어떻게 된 일이야? 왜 이렇게 빨리 왔어?"

"오늘 저녁에 손님이 오기로 해서."

엄마는 부엌에서 부지런히 음식을 만들었다. 엄마는 손님이 누군지 전혀 알려주지 않았다. 다만 준비한 음식과 자리로 봐서 한 사람일 거라고 짐작했을 뿐이다. 나는 엄마를 도와 저녁상을 준비했고, 소미는 영문도 모른 채 신나게 일손을 거들었다. 엄마는 같이 도우려는 연화를 여느 때와 달리 한사코 말리면서 예쁘게 입고 있으라는 다소 뚱딴지같은 지시를 했다.

"뭐야? 나는 콩쥐야? 아무 옷이나 입어도 되게?"

내가 장난스럽게 투덜거렸지만 엄마는 아랑곳하지 않았다.

진수성찬이 차려지고 손님이 오기를 기다렸다. 엄마는 편한 옷을 벗고 정장은 아니지만 제법 격식을 갖춘 옷으로 갈아입었다. 나도 눈치가 보여서 깔끔한 옷을 입었다. 때맞춰서 엄마가 기다리던 손님이 도착했다. 나와 엄마가 맞으러 나갔는데, 처음 보는 여자였다. 나이는 엄마와 비슷해 보였는데, 몸에 걸친 옷이나 액세서리 등에서 부유한 분위기가 물씬 풍겼다.

엄마는 반갑게 인사했고, 나는 서먹하게 인사를 드렸다. 여자는 억지웃음을 짓더니 조심스럽게 내 인사를 받았다. 엄마를 따라 여자가 들어왔다. 나는 그 여자 뒤를 따랐다. 그리고 그 여자를 본 연화 표정이 일그러지는 걸 똑똑히 보았다. 얇게 걸렸던 웃음이 사라지고 돌처럼 딱딱하게 굳었다. 입술이 파리해지고 눈가가 파르르 떨렸다.

'설마, 연화 엄마?'

엄마가 분위기를 부드럽게 만들며 자리를 이끌었다. 나는 계속 연화를 살피며 조심스럽게 밥을 먹었다. 나와 연화가 경직된 채 밥을 먹으니 소미도 큰 눈을 굴리며 조용히 음식만 먹었다.

식사가 끝난 뒤 내가 빈 그릇을 치우고, 엄마는 후식을 준비했다. 상을 닦고 엄마가 후식을 내오는데 그때까지 한마디도 않던 연화가 입을 열었다.

"왜 그러셨어요?"

일순간, 정지화면처럼 모두 멈췄다.

"왜 저랑 아빠를 버리고 도망치셨어요?"

긴장으로 숨이 막혔다.

"돈이 그리 탐나셨나요?"

연화 입술이 파랗게 변했다.

"믿지 않을지 모르지만…… 나는 네 아빠와 산 기억이 없어."

연화 엄마는 길고 가늘게 숨을 내쉬었다.

"손 사장님께 연락받았을 때 무척 당황했어. 네 이야기를 듣고 네 어릴 적 사진을 본 뒤에야 간신히 너만 떠올랐어. 요즘은 그때 기억이 불쑥불쑥 맥락 없이 떠올라서 나도 무척 혼란스러워."

손 사장님은 우리 엄마다. 엄마가 안쓰러운 표정을 짓더니 연화 엄마 손을 꼭 잡았다.

"너도 들어서 알겠지만 나는 기억을 잃은 채 네 아빠를 만났어. 맥락 없이 떠오르는 기억 중에도 네 아빠를 만나서 결혼한 기억은 없어. 그냥 그랬다고 하니까 그런 줄 아는 거야. 내 기억은 어느 순간에서 뚝 끊어졌어. 왜 그런 일이 벌어졌는지는 아직도 몰라. 나는 기억을 잃은 채 네 아빠를 만나서 살다가 너를 낳았고, 전해 들은 말로는 행복하게 살았다고 해. 왜 그런지 모르겠지만 통장에 찍힌 돈을 보며 행복한 상상을 하는데, 갑작스럽게 옛 기억으로 돌아가 버렸어. 네 아빠와 살았던 기억은 깨끗이 사라졌고⋯⋯. 낯선 곳에 던져진 자신을 발견한 나는 당황했고, 내가 기억을 잃기 전에 큰돈이 필요한 상황이었기에 통장에 있는 돈을 찾아서 내 원래 기억이 가리키는 곳으로 돌아갔어."

연화 눈빛이 심하게 흔들렸다.

"내가 아는 의사들에게 물어봤지만 원인은 딱히 알 수 없대. 그저 굉장히 특이한 사례라고만 했어."

연화 엄마는 뮤지컬 가수로 활동했고, 지금은 꽤 잘 나가는 뮤지컬 감독이라고 했다. 제대로 교육받은 것도 아닌 연화가 그렇게 뛰어난 음악 실력을 발휘한 까닭을 그제야 이해했다. 진즉에 우리 엄마한테 연락받았지만 만날 용기가 없어서 차일피일 미루다가 도솔시 공연을 계기로 찾아왔다고 했다.

"엄마가 연출한 그 공연, 제가 보러 가도 돼요?"

연화가 힘들게 물었다.

"안 그래도 초대하려고 했어."

연화 엄마가 지갑을 열었다.

"내일과 모레 이틀 공연이야."

"연화, 내일 오디션 보러 가요."

내가 말했다.

나는 연화가 유명한 기획사와 연결된 사연을 설명했다.

"잘됐구나. 그럼 일요일 공연표로 줄게."

연화 엄마는 일요일 공연 초대장을 열 장이나 꺼냈다.

연화 엄마는 시계를 보더니 자리에서 일어났다.

"죄송해요. 제가 공연 준비 때문에 가봐야 해서."

다들 자리에서 일어났다.

"연화야, 잘 자라줘서 고마워."

연화는 입을 꾹 다물고 고개를 푹 숙였다.

눈물을 감추려는 것 같았다.

"당분간은 여기서 지내면 좋겠어. 손 사장님께도 부탁드렸어. 내가 아직은 너와 같이 살 준비가 안 되어 있어서……."

"괜찮아요. 전 여기가 좋아요."

연화는 눈물을 꾹꾹 누르며 조용히 대답했다.

"그렇지만 내가 네 엄마란 사실을 감추지 않아도 돼. 집 나간 엄마는 이제 돌아왔어. 원래 자식이 떠났다가 돌아와야 하는데, 우린 반대네."

연화 엄마가 슬프게 웃었다.

"괜찮아요, 돌아오셨으니까."

연화도 닮은꼴 웃음을 지었다.

토요일에 연화가 오디션을 봤다. 나도 연화와 같이 기획사에 갔다. 이름을 들어본 적 있는 프로듀서가 연화를 맞이했다. 프로듀서는 다짜고짜 노래부터 부르라고 했다. 연화는 나도 처음 듣는 노래를 불렀다. 노래를 듣는 프로듀서는 감탄하는 표정을 감추지 못했다. 더구나 연화가 부른 노래가 자작곡이고, 작사도 스스로 했다는 사실을 알고는 무척 놀라워했다. 프로듀서는 자신이 듣고 싶은 노래를 즉석에서 불러달라고 요청하기도 했다. 오디션을 통해 연화가 지닌 재능을 확인한 프로듀서는 대표와 상의한 뒤에 꼭 연락하겠다고 약속했다.

나는 도솔시로 돌아오며 무척 들떴는데 연화는 시큰둥했다.

"안 되면 다른 기획사를 찾아가면 되지, 뭐."

연화는 자신만만했다. 그게 자기 실력에 대한 자신감 때문인지, 엄마를 만나서인지는 분명치 않았다. 어쩌면 둘 다인 것도 같았다.

엄마와 소미, 나와 연화, 진서와 민혜, 그리고 요즘 연화와 가까워진 친구들 넷과 함께 공연장을 찾았다. 제대로 된 비싼 공연은 처음이라서 한껏 꾸미고 갔다. 드레스를 입은 엄마는 딴 사람 같았다. 이럴 때 아빠가 같이 가면 얼마나 좋을까 싶어서 가슴이 먹먹했다. 공연은 엄청났다. 두 시간이 넘는 공연이 순식간에 지나갔다. 공연이 끝나자 진서를 비롯한 친구들은 연신 사진을 찍어댔다. 그러다 연화 엄마를 만났다. 연화 엄마는 우리를 이끌고 무대 뒤로 가서 유명한 배우들과 함께 사진을 찍게 해주었다. 친구들은 입이 귀에 걸리며 즐거워했다. 나는 연화 엄마에게 기획사를 만난 소식을 전하며 좋은 결과가 있을 거라고 말했다. 연화 엄마는 자기 일처럼 기뻐했다.

집에 돌아가는 길에 친구들 SNS를 보니 사진들이 넘쳐났다. 단체 대화방에도 공연에서 찍은 사진이 대량으로 올라왔다. 화려하게 차려입은 연화 엄마와 연화가 같이 있는 사진을 올리며 연화 엄마가 얼마나 대단한 사람인지도 알렸다.

월요일 아침, 학교는 연화가 등교한 첫날처럼 연화에 관한 관심으로 폭발했다. 기획사에서 오디션을 보고 온 소식도 놀라웠지만, 연화 엄마가 대단한 뮤지컬 감독이라는 소식이 더 큰 관심을 모았다.

"와! 연화 엄마, 카리스마 짱이야."

"유명한 배우들을 딱 휘어잡고 사진을 찍으라고 하는데……."

"이거 봐! 이 배우가 나랑 같이 사진을 찍었잖아."

공연장에 가지 못한 친구들은 부러워했고, 공연장에 간 친구들은 자랑에 시간 가는 줄 몰랐다. 딱 한 사람, 수경이는 예외였다. 수경이는 연화가 등교한 순간부터 한시도 눈을 떼지 않고 연화를 노려보았다. 그건 질투였다. 자신이 앞장서서 무시하고 괴롭히던 연화가 갑자기 이웃집 엄친딸이 되어 나타났으니 그럴 만도 했다. 연화는 외모와 실력으로 연예인이 될 가능성이 열렸을 뿐만 아니라, 집안까지 완벽하게 탈바꿈했다. 엄마가 유명한 뮤지컬 감독이니 연화 앞날은 창창하게 열린 거나 다름없었다. 이모저모 다 따져도 연화는 누구나 부러워할 만한 엄친딸이 되었으니, 그런 연화를 질투하는 마음은 당연했다.

솔직히 나는 통쾌했다. 앞으로 수경이는 절대 연화를 무시하지 못할 것이다. 친구들에게 신뢰를 잃어서 연화를 모함할 수도 없다. 부러워하고 질투해 봤자 수경이가 할 수 있는 일은 없다. 그러나 수경이가 연화를 질투하는 정도가 내 예상보다 훨씬 강하고 깊다는 게 문제였다. 내 예상과 달리 날 선 질투는 끔찍한 사건으로 이어지고 말았다.

수업을 마치고 나가려는데 수경이가 진서, 민혜, 나를 따로따로 불렀다. 연화도 같이 남으려고 했지만 수경이가 강하게 거부했다. 연화를 밀어내는 꼴이 못마땅해서 그냥 거절하고 가려다가 창백한 낯빛이 걱정되어 원하는 대로 해줬다. 연화는 잠깐 밖에서 기다리고 넷이 교실에 남았다. 오랫동안 어울려 다녔던 사이인데 오랜만에 넷이 모이니 꽤 어색했다.

"용건이 뭐야?"

민혜 말투가 곱지 않게 나왔다. 내가 수경이 모르게 민혜 옆구리를 찔렀다.

"우리를 왜 보자고 한 거야?"

내가 차분하게 물었다.

"우리……, 그래 우리……."

수경이는 넋이 반쯤 나간 듯했다.

"너 왜 그래?"

"예전엔 그 우리에 나도 있었어."

수경이가 눈을 치켜떴다.

"안 그래?"

사악한 기운이 피어났다.

낌새가 불길했다.

"뭐라는 거야. 지금!"

민혜가 짜증을 냈다.

나는 민혜 옷을 살짝 잡아당겼다.

"가자."

조용히 말했다.

"우리가 언제 대놓고 널 따돌렸어?"

"민혜야, 그만하자."

민혜는 내 말을 듣지 않았다.

"잘못은 지가 다 해놓고, 사과도 안 한 주제에."

민혜는 더 거세게 수경이를 몰아붙였다.

"크크크! 내가 잘못했지……."

수경이 웃음에서 살기가 느껴졌다.

나는 민혜 손목을 잡고 강하게 끌어당겼다.

"그냥 가자니까."

진서는 눈치를 살피더니 한두 걸음 뒤로 물러났다.

"어딜 가! 날 버리고 또 너희끼리 어울리게?"

"저걸 그냥!"

나한테 이끌려 나가려던 민혜가 내 손을 뿌리치고 수경이에게 성큼성큼 다가갔다.

그때 갑자기 운동장 쪽 유리창 한 장이 바닥으로 떨어지며 와장창 깨졌다. 난데없이 유리창이 깨져서 깜짝 놀랐다.

"연화가 얼마나 나쁜 짓을 했는지 다 알면서, 직접 당하기까지 해 놓고 모른 척해? 다 내 잘못이라고? 그게 다 내 잘못이라고? 어릴 때 그 선생 년도 그랬어. 제대로 알지도 못하면서 무조건 다 내 잘못이래. 툭하면 잘난 년이랑 비교하면서 날 구박하고. 너희도 똑같아. 그년이랑 똑같아!"

바닥에서 미세한 진동이 일었다. 지진은 아니었다. 건물과 책상은 전혀 움직이지 않는데 진동이 온몸으로 전해졌다. 바닥에 떨어진 유리가 살짝 떠오르는 게 보였다. 날카로운 유리조각이 햇빛을 받아 번쩍였다.

"피해!"

재빨리 민혜를 잡아당겼다. 날카로운 유리조각 하나가 민혜가 있던 자리를 총알처럼 지나서 벽에 부딪혔다.

"아까워라, 크크크!"

수경이 얼굴이 점점 창백해지더니 몸에 붉은 피가 한 방울도 없는 사람처럼 보였다.

"루미 네년이 눈치는 참 빨라!"

수경이 눈을 보았다. 초점이 없었다.

"어디 이것도 한 번 피해봐."

깨진 유리조각이 모조리 공중으로 떠올랐다. 수경이가 손을 들었다. 우리는 재빨리 뒷문을 향해 뛰었다. 그러나 유리조각은 우리 발보다 훨씬 빨랐다. 수많은 유리조각이 뒷문을 향해 날아왔다. 나는 민혜와 진서 손을 붙잡고 바닥으로 엎드렸다. 날아간 유리조각은 뒷문에 부딪히며 산산조각이 났다.

"소방관 딸이라고 제법이네. 그래봤자 네 운명은 죽은 네 아빠처럼 될 거야."

수경이는 잔인한 말을 아무렇지도 않게 내뱉었다. 감히 아빠를 끌어들이다니 분노가 치밀었지만, 일단은 이 자리를 벗어나는 게 우선이었다. 몸을 다시 일으켰다. 수경이가 손을 아무렇게나 휘저었다. 운동장 쪽 유리창이 모조리 바닥으로 떨어지면서 깨졌다. 깨진 유리조각은 바닥에 떨어지자마자 위로 떠올랐다.

"이것도 피하나 볼까?"

유리조각이 일제히 우리를 겨누고 날아왔다. 피할 틈이 없었다. 본능에 따라 몸을 뒤로 돌리고, 바닥에 쪼그려 앉았다.

파파파팍!

유리조각이 가루처럼 부서지는 소리가 들렸다. 사태를 파악하려고 고개를 들었다. 우리 셋 앞에 물회오리가 움직였다.

"빨리 피해."

물회오리에서 연화 목소리가 들렸다.

우리는 재빨리 일어나 뒷문으로 나가려 했다.

"어딜 가려고."

복도 쪽 유리창이 깨지더니 바닥에 떨어지지도 않고 유리 회오리로 변해 우리가 나가려는 길을 막아섰다. 깨진 유리들은 작은 회오리를 이루어 우리를 위협했다. 도망칠 틈이 없었다.

"내 뒤로 와."

연화가 더 맹렬하게 회전하며 말했다.

연화가 만든 회오리는 그리 크지 않았다. 몸만 곧바로 물로 변했기 때문이다. 연화가 큰 힘을 발휘하려면 다른 물이 필요했다. 안타깝게도 교실에는 다른 물이 없었다.

"네년이 그렇게 잘났어? 그렇게 잘났냐고?"

수경이는 연화를 향해 손가락질을 해댔다. 연화는 아무 대꾸 없이 조금씩 움직였다. 우리는 그 의도를 알아차리고 조금씩 옆으로 걸음을 옮겼다.

"지금이야!"

연화가 소리쳤고, 우리는 그대로 뒷문으로 뛰었다. 연화가 우리를 가로막은 유리조각을 튕겨내며 뒷문을 박살냈고, 우리는 그 틈을 타서 복도로 나갔다.

"도망쳐!"

연화가 소리쳤다.

우리는 뒤도 안 돌아보고 뛰었다.

"어딜 가!"

그러나 우리는 얼마 도망가지 못하고, 다시 뒷걸음질 쳐야 했다. 복도 유리창이 모조리 박살나면서 더 크고 많은 유리 회오리가 우리를 막아섰기 때문이었다. 연화는 우리를 공격하는 유리폭풍을 튕겨내며 우리를 보호했다. 우리는 연화가 만든 회오리 안에서 잰걸음으로 이동했다. 우리가 가는 쪽에는 화장실이 있었다. 화장실까지 가면, 연화가 물을 얻는다. 그러면 수경이를 손쉽게 제압할 수 있을 것이다. 어떡하든 연화가 화장실까지 갈 수 있게 만들어야 했다.

수경이가 손짓할 때마다 유리폭풍은 점점 거칠게 우리를 공격했다. 연화가 빈틈없이 유리를 튕겨내서, 우리는 상처 하나 없이 화장실로 점점 접근했다. 조금만, 조금만 더 가면 전세 역전이었다.

"이게 대체 무슨 일이야?"

운이 나빴다. 갑자기 선생님 두 분이 나타났고, 그대로 유리폭풍에 휩쓸리고 말았다. 연화는 재빨리 움직여 선생님들을 보호하려 했지만, 복도를 꽉 채운 유리폭풍 속에서 다섯 명 모두를 보호하는 건 역부족이었다. 유리조각에 다치는 부위가 하나둘씩 생겼다. 까닥 잘못하다간 목숨을 잃을 수도 있었다.

"수경아! 우리가 잘못했어."

내가 다급하게 소리쳤다.

유리폭풍이 주춤하더니 우리가 가는 길을 막을 뿐 더는 공격하지 않았다.

"우리가 잘못했어. 다 우리 잘못이야."

수경이를 달래야 했다.

"뭘 잘못했는데?"

연화가 화장실까지 갈 기회를 만들려면 수경이를 방심하게 만들어야 했고, 그러려면 수경이가 원하는 대답을 들려주어야 했다. 위기를 벗어날 방법은 그뿐이었다.

"네 선택이 맞았는데, 내가 잘못 판단했어."

수경이가 기대한 대답이었는지 유리폭풍이 조금 뒤로 물러났다.

연화는 내 의도를 알아차리고 살금살금 옆으로 움직였다. 나는 일부러 앞으로 다가가면서 수경이가 나만 주목하도록 만들었다. 유리폭풍이 바로 옆에서 거칠게 돌았다. 자칫 수경이 심사가 뒤틀리면 크게 다칠 수밖에 없었지만, 위험을 피하지 않았다.

"그때 네 말대로 했다면 그렇게 큰 피해는 보지 않았을 거야."

"그걸 이제 알았어?"

"미안해. 내가 생각이 좀 모자랐어."

"또, 뭘 잘못했어?"

"너는 진실을 알리려고 했는데, 나는 너한테 화를 냈어."

"그래! 거짓말하면 안 돼. 선생도 너도 절대 거짓말하면 안 돼!"

"그래, 거짓말은 나빠."

수경이는 어린애처럼 말했다. 심리 상태가 어린 시절 어느 시점으로 되돌아간 듯했다.

"맞아, 선생이 돼서 거짓말하면 안 돼. 그 사람은 나쁜 선생이야."

"나쁜 선생 맞지? 너도 그렇게 생각하지?"

"응, 맞아. 나쁜 선생이야."

수경이는 점점 더 아기 말투를 썼다.

"어릴 때 그 못된 선생은 늘 나를 잘난 애랑 견줬어."

수경이는 초등학교 1학년 때 만난 담임 선생님을 무척 미워했다. 툭하면 그 선생님을 입에 올렸고, 그럴 때마다 '선생' 호칭 뒤에 '님' 자가 아니라 욕을 붙였다. 그 선생님이 자신과 비교 대상으로 삼은 여자애도 싫어했다. 수경이는 유난히 경쟁심이 심하고, 무시당하면 견디지 못하고, 잘나 보이고 싶은 욕심이 강했는데 아마도 어린 시절 겪었던 차별이 수경이 심성을 삐뚤어지게 만든 것 같았다.

"칭찬은 절대 안 하면서, 못할 때만 늘 잘난 년과 견주며 날 나무랐어. 내가 잘못도 안 했는데……. 내가 겁나서 한 거짓말 때문이었어. 그냥 딱 한 번 겁나서 둘러댔는데, 그걸로 나를 피노키오 같은 거짓말쟁이로 취급하고 툭하면 나를 나무랐어. 친구를 차별하면 안 된다고 하면서, 자기는 맨날 차별하는 거짓말쟁이 선생이면서. 거짓말쟁이야!"

"맞아, 그래! 거짓말쟁이야."

내가 공감하자 수경이가 조금씩 진정되면서 유리폭풍이 눈에 띄게 약해졌다.

"그년을 혼내줘야겠어."

지금 당장은 수경이가 분노하는 대상이 우리나 연화가 아니라 그 선생님인 게 다행이었다. 표적이 바뀌면 우리를 향한 공격이 약해질 테고, 그 틈을 이용해 연화가 화장실로 들어갈 기회를 만들 수 있을 것이다.

"그래! 혼내줘야 해. 너라면 그럴 수 있을 거야."

나는 수경이가 그 선생님한테 더 분노하도록 자극했다.

"벌을 받아야 해."

"맞아! 따끔하게 벌을 내려."

"그치? 너도 그렇게 생각하지?"

"당연하지!"

"선생들은 혼이 나야 해. 선생들은 다 거짓말쟁이니까."

과녁이 이상한 쪽으로 흘렀다.

소용돌이가 뒤에서 느껴졌다. 약해지던 유리폭풍이 갑자기 거세졌다.

"선생들은 모조리 거짓말쟁이야. 다 혼내야 해!"

선생님들을 향해 유리폭풍이 돌진했다. 강도가 이전과 견줄 수 없을 만큼 날카롭고 매서웠다. 선생님들이 위험했다. 피할 틈도 없었다.

콰콰콰캉!

갑자기 화장실 문이 부서지며 강렬한 물회오리가 복도로 밀려 들어왔고, 그 기세를 몰아 유리폭풍을 모조리 집어삼켜 버렸다. 수경이가 나와 대화에 빠져 있을 때 연화가 화장실로 몰래 들어가는 데 성공한 것이다. 수돗물을 만난 연화는 힘이 강해졌고, 복도를 채운 유리조각을 모조리 자기 몸 안으로 빨아들였다.

"날 속였어! 날 속였어! 루미, 네가 그 선생 년처럼 나를 속였어!"

수경이는 발을 동동 구르더니 손을 마구잡이로 휘저었다. 유리폭풍이 거칠게 나를 공격했지만, 곧바로 연화가 만든 회오리로 빨려들면서 사라졌다.

"이이익! 가만 안 둘 거야! 가만 안 둬!"

수경이가 두 손으로 머리카락을 마구 헝클어뜨렸다.

"아아아악!"

지옥에서 끌어올리는 듯한 절규였다.

그와 동시에 갑자기 엄청난 추위가 밀려왔다. 뼛속까지 얼어붙는 듯한 추위였다. 모든 유리를 빨아들이며 수경이에게 달려들던 연화의 움직임마저 급격하게 둔화했다. 떨림조차 얼려버리는 추위였다. 손끝하나 움직일 수 없이 몸이 얼어붙었다. 연화는 허공에 회오리 모양 그대로 굳어버렸다.

수경이 머리카락이 하늘로 치솟았는데, 굳은 채 꿈쩍도 하지 않았다. 수경이 자신조차 얼어버린 듯했다. 도저히 견딜 수 없었다. 추위에 그대로 숨이 멎을 것만 같았다.

푸슈우욱~!

그때 갑자기 바닥에서 빛이 나타났다. 무리지어 흐르던 빛이 마치 뱀처럼 바닥을 기어다니면서 수경이 주위를 둥글게 에워쌌다. 뱀이 먹이를 옥죄듯 빛이 수경이를 감싸면서 머리 형태가 점점 커졌다. 빛으로 만들어진 머리가 천장에 닿자 뱀 입처럼 크게 벌어지더니 그대로 수경이를 집어삼켰다. 수경이를 삼킨 빛은 사방팔방으로 날뛰다가 어느 순간 훅 꺼지며 사라졌다. 허공에 떠 있던 수경이가 바닥으로 떨어졌고, 온도도 원래대로 돌아왔다. 허공에서 회오리 모양으로 얼어붙었던 연화는 녹아서 바닥으로 떨어지더니, 선생님들 시선을 피해 화장실로 모습을 감추었다.

복도 바닥에는 온통 깨진 유리조각투성이였다. 선생님들은 피를 흘리긴 했지만 크게 다치진 않았다. 진서와 민혜도 몇 군데 찰과상을 입은 정도였다. 믿기지 않는 일을 겪은 탓에 다들 정신이 없었지만 크게 다치지 않아서 다행이었다. 바닥에 쓰러진 수경이를 봤는데 꿈쩍도 하지 않았다. 얼른 수경이에게 다가갔다. 발을 내디딜 때마다 유리가 밟혀서 소름이 돋았다. 수경이에게 다가가 코에 손을 댔는데, 호흡이 얕고 거칠었다. 맥박은 점점 약해지고 있었다. 위험한 상태였다.

"진서야! 119 불러. 빨리!"

진서가 연락하는 동안 나는 수경이를 돌봤다. 혹시라도 위급 상황이 올까 봐 초조했다. 다행히 119 구급대가 올 때까지 수경이 상태는 크게 나빠지지 않았다.

"수경이가 그랬다고 말하면 안 돼. 알지?"

나는 민혜와 진서에게 다짐받았다.

다친 선생님들에게도 부탁했다. 다행히 선생님들도 내 뜻을 이해해 주었다. 보건실에서 간단히 치료하고 학교를 빠져나왔다. 우리는 서로를 걱정하며 헤어졌다. 엘리베이터에서 내리니 현관 앞에서 연화가 기다리고 있었다.

"몸은 괜찮아?"

내가 걱정하며 물었다.

"멀쩡해. 넌 어때? 다치진 않았어?"

"조금 긁히긴 했는데, 괜찮아."

"미안해. 내가 제대로 막았어야 했는데……."

"아니야. 너 때문에 이 정도였지. 아니면 크게 다쳤을 거야."

연화는 내 상처를 걱정스럽게 어루만졌다.

"그나저나 수경이한테 무슨 일이 생겼는지 알겠어?"

내가 물었다.

"잘은 모르겠지만, 아무래도 은별이 언니 때문인 듯해."

"정말 그럴까?"

"얼마 전에 학교 앞에서 이상한 현상이 벌어졌잖아. 그때도 지금과 비슷했어."

그때는 그 일로 연화에 대한 소문이 잦아들어서 다행이라고만 여겼는데, 다시 생각해 보면 위험을 알리는 신호였다.

"사냥꾼들이 은별 언니를 이용해서 무슨 짓을 벌이는 게 분명해. 아무래도 빨리 그분들을 다시 만나야겠어."

황련과 함께 나를 다정하게 대했던 은별 언니가 생각났다. 납치 소식을 듣고도 걱정만 할 뿐 강 건너 불구경하듯이 방관자로만 지낸 내가 무척 한심했다.

"나도 같이 갈래."

03
상처 입은 영혼

심유리 _ 『달빛소녀와 치유의 숲』

　「누」는 내 바람대로 할 생각이 없었다. 대신 「누」는 내게 조건을 걸었다. 단우를 구하려면 대가를 치르라고. 단우가 위기에 처한 상황이라 협상은 내게 불리하기만 했다. 「누」는 내 영혼의 절반을 달라고 했다. 그게 무슨 의미인지 물어볼 여유도 없었다. 「누」가 나를 완벽하게 장악했을 때와 비교해 절반인지, 내 삶의 절반을 자기 뜻대로 조종하겠다는 뜻인지, 아니면 내가 알지 못하는 다른 무엇인지 정확히 알지 못했다. 그러나 전부가 아니라 절반이라면 괜찮다고 생각했다. 단우가 그대로 당하게 둘 수는 없었으니까. 나는 승낙했다. 「누」는 내게 피로 계약하라고 요구했고, 그러라고 했다. 「누」는 간사하게 웃었다. 그

웃음이 가시덤불이 되어 내 손목을 훑었다.

손목에서 피가 뿜어져 나왔다. 하얀 안개가 붉게 물들자 「누」는 훨씬 강해졌다. 단우를 공격하던 토미리스와 김효민이 뒤로 밀리며 단우가 위기에서 벗어났다. 이제 은별이를 구할 차례였다. 나는 「누」가 쉽게 그들을 제압하리라 믿었다. 일찍이 「누」가 얼마나 강한지 겪어서 알기 때문이었다. 그러나 싸움은 기대와 다르게 흘러갔다. 토미리스 손에서 보랏빛 선이 따리처럼 얽히더니 뾰족한 검이 나타났고, 그러자 기세가 다시 팽팽하게 바뀌었다.

'이라두의 발톱이다! 이라두의 발톱!'

「누」는 좋아하는 건지 두려워하는 건지 모를 비명을 질러댔다.

형세가 팽팽해지자 손목이 점점 더 아팠다. 더 많은 피가 몸에서 빠져나갔다. 머리가 흐릿해지고 몽롱해졌다. 그 와중에도 붉은빛은 더 선명하게 보였다. 내 영혼이 점점 희미해지는 게 느껴졌다. 「누」가 나를 점점 잠식해 나갔다. 처음 나를 집어삼켰을 때보다 훨씬 강했다. 이제는 다시 옛날로 되돌리기 힘들 거라는 예감이 들었다. 안간힘을 쓰며 정신을 잃지 않기 위해 저항했다. 젖 먹던 힘까지 쥐어짰지만 점점 버거웠다.

「누」가 계약은 지키겠지, 절반만 가져간다고 했으니 그쯤에서 멈출 거야.'

그렇게 위안을 삼을 수밖에 없었다. 내가 무너지더라도 「누」가 내 전부를 차지하지는 않기를 바랐다. 그러나 「누」가 과연 절반에서 멈출지 의심스러웠다. 의식이 점점 사라지고, 다리에 힘이 풀리려 할 때 낯선 무엇이 거대한 방망이를 휘두르며 붉은 안개와 보랏빛이 충돌하는 지점으로 뛰어들었다. 방망이는 공기마저 찢어버릴 만큼 강렬했고 보랏빛과 붉은 안개가 동시에 밀려났다. 토미리스는 방망이를 휘두르는 그 무엇을 보자마자 〈이라두의 발톱〉을 거둬들이더니 김효민과 함께 은별이를 데리고 도망쳤다. 그 무엇이 방망이를 겨누며 나에게 다가왔다. 형체가 점점 수증기처럼 흐물흐물 흔들리는 중에도 방망이는 뚜렷하게 보였다. 어릴 때 옛이야기 책에서 보았던 도깨비방망이와 형태가 비슷했다. 방망이가 내 팔뚝에 닿자마자 극심한 통증이 밀려들었고, 마침내 겨우 붙들고 지탱하던 정신이 흩어졌다.

정신이 들자마자 벌떡 일어났다. 둥근 방 한가운데에 놓인 화로에 모닥불이 타닥타닥 타오르고 있었다. 화로에는 날카로운 이를 드러낸 채 큰 입을 벌리고 기괴하게 웃는 괴물이 양각으로 새겨져 있었다. 뭉개진 코는 징그럽고, 툭 튀어나온 눈은 날카롭고 매서워서 마주보기 무서웠다. 불길과 맞닿은 테두리에서는 불이 타오르는 형태를 형상화한 문양이 불꽃과 함께 춤을 추었고, 뾰족하게 튀어나온 손잡이는 차마 잡기 겁날 만큼 붉게 달궈져 있었다. 형태는 거북했지만 불꽃은 마음을 차분하게 가라앉혔고, 그 어느 때보다 정신을 맑게 했다. 거친 돌로 이루어진 둥근 방과 높다란 천장 곳곳이 세세하게 눈에 들어왔다. 실처럼 금이 간 벽이 문이라는 것도 알아볼 수 있었다. 감각이 예전과 같다면 도저히 알아채지 못했을 흔적이었다.

일어나서 문이 있는 곳으로 가려는데 문이 열리고 단우가 들어왔다.

"일어났네."

다행히 단우는 다친 데 없이 멀쩡했다.

"몸은 좀 어때?"

단우가 다정하게 물었다.

"상쾌해, 그 어느 때보다."

단우가 내 손목을 잡았다. 가슴이 파르르 떨렸다.

"상처가 깊어."

내 손목과 팔뚝은 곳곳이 흉터투성이였다.

"아무리 내가 위험에 처하더라도 앞으로는 그런 위험한 거래는 하지 마."

단우는 진심으로 나를 걱정했다.

"알았어. 안 할게."

단우가 내 손목을 걱정스럽게 어루만졌다. 심장이 눈치 없이 마구 뛰었다.

"아주 달달하네."

단아가 미끄러지듯 들어왔다. 손을 얼른 뒤로 뺐다. 단아는 화로 옆에 놓인 의자에 솜털이 내려앉듯이 앉았다. 눈에 익숙해졌지만 어떻게 저런 움직임이 가능한지 볼 때마다 신기했다.

단우도 단아 옆에 놓인 의자에 앉았다. 나는 두어 걸음 뒤로 물러나 침대 모서리에 살짝 걸터앉았다.

"네가 보기엔 어때?"

단우가 단아에게 물었다.

"절반까지는 아니야."

"다행이네."

"다행은 무슨……. 보통 영(靈)이면 모를까 「누」한테 저 정도로 잠식당했으면 엄청 위험한 거야."

위험이라는 말에 나도 모르게 손목을 어루만지다가 화들짝 놀랐다. 손목에 차고 있던 은둔환과 수호환이 없기 때문이었다.

"놀라긴……. 목을 만져봐."

단아가 손가락으로 내 목을 가리켰다.

그러고 보니 내가 한 적도 없는 목걸이가 걸려 있었다. 쇠로 만든 목줄은 눈에 잘 띄지 않을 만큼 가느다란 초록빛이었다. 쇠줄은 목 가운데서 만나 새끼줄처럼 꼬이며 아래로 손가락 두 마디쯤 되는 길이로 늘어졌고, 그 끝에 화로와 똑같이 생긴 장신구가 달려 있었다. 화로와 마찬가지로 그 장신구에서도 불이 타오르는 듯한 붉은빛이 물결처럼 흔들렸다. 양쪽에 손잡이 모양으로 생긴 고리가 달렸는데, 그 고리에 작은 고리 세 개가 이어졌고, 고리 끝에는 쌀알 같은 진초록 구슬이 둥글게 뭉쳐 있었다. 구슬 뭉치 아래로 칼날처럼 생긴 긴 보석이 노랗게 빛났다. 자세히 보니 장신구 전체에 눈으로 다 확인할 수 없을 만큼 세밀한 문양이 빼곡했다. 웬만한 세공 기술로는 흉내도 내지 못할 정밀함이었다. 평범한 목걸이가 아니었다.

"이게 무슨 목걸이야?"

"은둔환과 수호환보다 열 배쯤 강한 거야. 이제 그 목걸이가 아니면 「누」를 제어할 수가 없어."

"너희 아빠가 만드신 거야?"

"그럼 좋겠지만……. 그 목걸이는 나도 여기서 처음 봤어."

"그럼 이걸 누가?"

문밖에서 인기척이 들렸다. 문이 열리고 화로 무늬와 똑같은 탈을 쓴 사람이 들어왔다. 온몸을 잿빛 옷으로 감쌌는데 척 보기에도 강인함이 풍겼다. 허리에 찬 방망이를 보고 나도 모르게 어깨가 움츠러졌다.

"우리를 구해주신 분이야. 너에게 〈신성의 목걸이〉를 주신 분이기도 하고."

나는 재빨리 일어났다.

"구해주셔서 감사합니다. 심유리라고 합니다."

탈에 뚫린 구멍이 작아서 눈빛을 정확히 볼 수는 없었지만, 서늘한 시선은 그대로 느껴졌다.

"그러지 마라."

잘 알아듣기 힘든 저음이었다. 깊은 땅 밑에서 들려오는 듯했다.

"다시는 그놈과 거래하지 마라."

이유를 묻거나 아니라고 대답할 엄두가 나지 않는 위압감이었다. 요구나 부탁이 아니라 명령이었다. 따를 수밖에 없었다. 나는 소심하

게 "네" 하고 대답했다. 탈을 쓴 이는 갈 준비를 하라고 지시하고는
밖으로 나갔다.

"어, 어떻게 된 거야?"

단아에게 물었다.

"고대에 신비한 힘을 지닌 열두 가문이 있었다는 얘기는 들었지?"

"그래, 들었어. 어떤 사건 때문에 신비한 힘을 잃을 위기에 처했고,
그들 중 아홉 가문이 힘을 빼앗기지 않기 위해 뭉쳤는데, 그들이 바로
사냥꾼이라고."

"그 가운데 두 가문은 순순히 힘을 내놓았고, 마지막 한 가문은 저
항하지도 순응하지도 않은 채 사라졌어."

"그럼, 혹시 저분이 그 사라진 가문……."

"그래! 옛날 조상님들이 흔히 도깨비라고 불렀던 존재지."

그러고 보니 화로에 새겨진 형상이 마치 도깨비 같았다. 그렇다면
허리에 찬 게 말로만 듣던 도깨비방망이인 걸까?

"저 가문은 오랜 세월 「누」와 싸워왔다고 해. 「누」가 깨어나면 탈을
쓰고 나타나 「누」에 맞서 싸워서 옛사람들은 도깨비가 마치 귀신이라
도 되는 듯이 여겼던 거야."

단우가 일어났다.

"자세한 얘기는 나중에 하고, 나가자!"

나도 따라 일어났다.

단아가 나에게 다가오더니 내 목걸이에 손을 가까이 댔다.

"신기하단 말이야. 나조차도 만질 수 없는 이런 강력한 수호령을 만들다니……."

"뭐 해? 가자니까."

단우가 독촉했다.

단아가 삐죽 입을 내밀더니 내 손을 잡았다.

"눈을 감는 게 좋을 거야. 문밖을 보면 「누」가 미친 듯이 날뛸지도 모르거든."

단아가 겁을 주었고, 나는 얼른 눈을 감았다. 단아가 내 손을 잡아 끄는 대로 따라갔다. 문밖은 공기가 몹시 탁했다. 황사가 뿌옇게 내려 앉은 도시 한복판에서 마스크도 없이 억지로 숨을 쉬는 듯했다. 방문 이 열리는 소리가 들리고, 잠시 뒤 멈췄다. 어떤 방에 들어온 듯했다. 방 안의 공기는 밖보다는 탁하지 않았다.

"서로 손을 잡아라."

탈을 쓴 이가 말했다. 단우가 내 손을 잡았다. 나도 단우 손을 꼭 잡 았다. 주변 공기가 점점 무거워졌다. 또다시 호흡하기 힘들 만큼 공기 가 탁해졌다. 더는 숨을 쉬기 어려울 만큼 고통이 차오를 때쯤, 몸이 잠시 가라앉는 듯하더니 위로 쑤욱 치솟았다. 놀이기구를 탔을 때랑 비슷했다. 떠오르던 몸이 이리저리 흔들리더니 잔잔한 바람이 불어왔 다. 물결에 흘러가듯 몸이 천천히 옆으로 흐르더니 발바닥이 땅에 닿 는 감촉이 느껴졌다. 그리고도 나는 한참 동안 눈을 감은 채 기다렸다.

"이제 눈을 떠도 돼."

단우가 내 손을 꼭 쥐었다가 놓았다.

눈을 떴다. 주변을 살폈다. 단우네 집 앞이었다. 탈을 쓴 이는 없었다.

"좀 늦었네."

민지 언니가 대문 안에서 불쑥 나왔다.

*　　*　　*

나는 다시 학교로 돌아왔고 아무 일도 없었다는 듯 기숙사에서 지냈다. 은별이가 걱정되었지만 단우는 열심히 찾고 있다면서 걱정하지 말라고 했다. 목걸이를 들키지 않으려고 특별한 주의를 기울였다. 목이 늘어지는 옷은 절대 입지 않았고, 몸놀림도 항상 조심했다. 잠잘 때 혹시라도 실수로 드러나지 않게 하려고 이불을 목까지 꼭 덮고 잤다.

은석이를 살리려고 거래한 뒤부터 「누」는 손목에 수호환을 차고 있어도 아무 때나 불쑥불쑥 말을 걸어서 나를 당황하게 했는데, 〈신성의 목걸이〉를 한 뒤에는 아예 존재도 느껴지지 않았다. 단아는 그 어느 때보다 「누」가 강해져서 위험하다고 했지만, 목걸이 덕분인지 예전보다 더 마음이 편했다. 특히 단우가 늘 나를 살피고 다정하게 대해서 은별이 걱정만 빼면 삶은 그 어느 때보다 완벽했다. 내 일상은 평화로웠고, 무척 마음에 들었다. 내 삶이 내게 만족감을 주다니 전에는 상상하지도 못한 일이었다.

"좋아 보이네."

줄곧 나를 모른 척하던 지수가 내게 말을 걸었다.

한때 지수만 보고 지냈던 적도 있었다. 기숙사 방도 같이 쓰고, 동아리와 모둠활동을 할 때도 늘 지수를 따라다녔다. 나는 지수가 웃으면 웃고, 지수가 찡그리면 찡그리고, 지수가 가리키면 그쪽으로 갔다. 그러다 세화 문제로 지수가 나를 멀리하면서 결국 기숙사 방도 따로 쓰게 되었다. 내가 동아리에 계속 남아 있으면 지수가 나간다고 해서 동아리에서도 나왔다. 나는 지수를 잃었지만 괜찮았다. 나는 내 실력에 자신감이 생겼고, 무엇보다 내가 사랑하는 단우가 든든하게 내 옆에 있기 때문이다.

멀어진 뒤로 한 번도 나를 아는 척하지 않던 지수가 내게 말을 걸어오니 당황스러웠다. 그렇지만 아무렇지 않은 척 얼굴빛을 꾸미고 평범한 어투로 대꾸했다.

"그래 보이니?"

지수는 내가 아무렇지 않게 반응해서 조금 실망한 듯했다.

"스스로 잘 알잖아. 이 학교 그 누구보다 행복하게 보여."

비꼬는지 부러워하는지 어림하기 어려웠다.

"고마워."

적당한 어휘가 아니었다.

"내가 어떤 심정으로 널 보는지는 잘 알지?"

지수가 갑자기 날카롭게 찌르고 들어왔다.

"시비 걸려고 말을 건 거야?"

나는 낮지만 단호한 음성으로 반문했다.

"남 걱정은 안 하나 해서."

지수는 물러나지 않았다.

"나는 내 인생을 지탱하기도 버거워."

"가장 행복한 사람 입에서 나올 말 같지는 않네."

"지금, 싸우자는 거야?"

나는 목소리를 높였다.

지난날, 지수 반응 하나하나에 휘둘리던 내가 아니었다.

"너랑 싸울 생각은 없어."

"그럼 도대체 왜 이러는데?"

"내가 누구 때문에 이러는지 정말 몰라서 묻는 거야?"

지수가 버럭 언성을 높였다.

그제야 나는 세화를 떠올렸다. 세화와 내가 심하게 다툴 때 세화는 내 뺨을 때렸고, 「누」는 내 분노를 등에 업고 세화에게 공포를 심었다. 그로 인해 세화는 두려움에 떨며 정신을 잃었다. 「누」가 심은 공포는 엄청나서 세화는 밤마다 악몽을 꾸고 거식증에 시달렸으며, 결국 정신병원에 입원까지 했다. 세화가 우리 학교를 그만둔 뒤로 아무도 세화 이야기를 꺼내지 않았다. 물론 내가 모르는 데서 쑥덕거리는지는 모르겠지만 내 앞에서는 아무도 세화를 거론하지 않았다. 정신병원에 입원했다는 얘기를 마지막으로 들었는데, 지금은 세화가 어떻게 지내는지 궁금하긴 했다.

"세화 때문이야?"

나는 차분하게 물었다.

"정신병원에서 퇴원은 했지만 여전히 상태가 좋지 않아. 내가 때때로 만나러 가는데 별로 나아질 기미가 안 보여."

"그……."

안타까움을 표현하고 싶었지만, 내뱉으려던 문장이 적절하지 않은 듯해서 입을 다물었다.

"나는 너한테 따지고 싶지 않아. 너랑 다투고 싶지도 않고. 나는 그저 세화를 돕고 싶을 뿐이야. 그래서 세화한테 일어난 일이 무엇인지 알고 싶어. 도대체 그날 세화에게 무슨 짓을 한 거야?"

"답은 그때와 같아. 난 아무 짓도 안 했어."

지수가 눈을 감더니 깊게 숨을 들이마셨다. 화를 진정시키려는 몸짓 같았다. 지수가 천천히 눈을 뜨더니 숨을 길게 내쉬었다.

"그래, 그럼 다르게 물어볼게. 그날 세화가 왜 쓰러진 거야?"

"나는 몰라."

"세화는 뭔가를 봤어. 그게 뭔지는 모르지만. 그래, 너는 못 봤을지도 모르지만 무서운 어떤 걸 봤어."

"옛 건물에서 나오는 귀신을 봤을지도 모르지."

"또 그 소리구나."

지수가 땅이 꺼지도록 한숨을 쉬었다.

한때 지수를 좋아하고 의지했기에 지수에게 진실을 알려주고 싶다는 생각도 들었다. 그러나 진실을 말해준다고 뭐가 달라질까? 내 안에 괴상한 괴물이 똬리를 틀었는데, 그 괴물이 세화 영혼에 강력한 공포를 심었다고 말하면 믿을까? 내 말을 믿는다고 해서 도대체 뭐가 달라질까? 내가 세화를 위해 할 수 있는 일은 아무것도 없는데 말이다. 세화 영혼에 새겨진 공포를 되돌릴 방법은 없다. 「누」에게 세화를 구해달라고 거래를 할 수도 없다. 자칫 잘못했다가는 돌이킬 수 없는 위험이 닥친다. 「누」가 내 영혼을 집어삼키면 나만 당하고 끝나지 않는다. 학교를 초토화할 뻔했던 사태보다 훨씬 끔찍한 일이 벌어질 것이다.

"세화와 조금 다퉜고, 세화가 내 뺨을 때렸어. 그러다 갑자기 세화가 공포에 질리며 쓰러졌어. 그게 다야. 네가 아무리 나를 추궁해도 나는 그 외에는 할 말이 없어."

지수가 손으로 얼굴을 감싸더니 고개를 절레절레 흔들었다.

"그래, 너한테 기대하는 게 아니었는데……."

지수가 힘없이 나에게 등을 보였다. 그 등이 조금 애처로워 보였다.

"단아한테!"

일부러 크게 말했다.

지수가 고개를 슬쩍 돌렸다.

"단아한테 부탁해 봐."

"단아?"

지수 시선이 다시 나를 향했다.

"무용과에 그 이상한……."

"단우와는 쌍둥이 남매야."

"그건 알아. 그런데 단아한테 부탁하라니, 걔가 뭘 아는 거야?"

"자세한 건 나도 설명하기 어려워. 그냥 단아한테 부탁하면 어떤 방법을 찾을지도 몰라서."

"단아가 뭘 할 수 있는데?"

"나도 단아가 뭘 어떻게 할지는 몰라. 그렇지만 나를 붙잡고 그날 무슨 일이 벌어졌는지 추궁하는 것보다는 훨씬 나을 거야."

지수 눈동자가 심하게 흔들렸다.

"네가 직접 부탁하기 힘들면 내가 할게. 그 정도는 내가 할 수 있어."

"그래 주면 고맙고."

지수가 고개를 푹 떨구었다.

"유리야, 나는 그냥 세화를 돕고 싶어. 네가 그날……. 아니야, 관두자."

지수는 주먹을 꽉 움켜쥐더니 빠른 걸음으로 멀어졌다.

지수와 그렇게 만나고 나니 하루 내내 속이 체한 듯 먹먹했다. 내 변화를 단우가 금방 알아챘다. 나는 지수와 나눴던 대화를 솔직하게 털어놓았다. 단아가 도울 수 없는지 알아봐 달라고 부탁했다. 그러나 단우에게서 돌아온 답변은 절망이었다.

"나도 세화가 끔찍한 고통에 시달린다는 이야기는 들었어. 처음 세화가 쓰러졌을 때부터 돕고 싶었지만 우리 역량 밖이라 포기했어. 「누」가 영혼에 새겨버린 고통은 「누」 자신이 아니면 그 어떤 영매나 무당도 풀지 못해. 단아 능력이 예전보다 훨씬 강해졌지만 「누」를 어떻게 할 수준은 아니야. 「누」가 폭주하는 날에 너도 봤겠지만 나와 단아가 안간힘을 써서 겨우 막았어. 얼마 전 총가주와 「누」가 싸울 때 「누」가 뿜어내는 독기에 당하지 않은 게 천만다행이었어. 「누」는 영계에서 결이 다른 존재야. 「누」가 세화 영혼에 새겨버린 흔적을 단아가 어찌할 수 있다면, 네 안에 똬리를 튼 「누」부터 어떻게 했을 거야. 그럼 세화 문제는 자연스럽게 해결되니까.”

“그럼 아예 방법이 없는 거야?”

“두 가지가 있긴 한데 너한테 권하지 않아. 위험하기도 하고.”

“그게 뭔데?”

“첫째 방법은 너도 알 거야.”

“내가 「누」와 거래하는 거겠지.”

힘이 쭉 빠졌다.

“너도 알다시피 그건 이제 위험해. 그분에게 다시는 「누」와 거래하지 않게 하겠다고 약속하기도 했고. 만약 그 약속을 하지 않았다면 너는 거기서 영원히 갇혀 지내야 했을 거야.”

그런 거래가 이루어진 줄은 몰랐다.

“그럼 둘째 방법은 뭐야?”

“황련.”

내가 왜 그 이름을 떠올리지 못했을까?

"맞아! 처음 황련을 만났을 때부터 「누」는 황련을 엄청 두려워했어."

어쩌면 지수와 틀어진 관계를 회복할 수도 있겠다는 희망이 생겼다.

"문제는 현재 황련을 만날 수 없다는 거야."

"그게 무슨 말이야?"

"너한테는 말해줄 수는 없지만 어떤 일을 준비 중이야. 그게 아니면 황련은 은별이부터 찾으러 나섰을 거야."

다시 답답해졌다.

"황련은 언제쯤 그 일을 마치는데?"

"그건 몰라. 때가 되면 우리를 부른다고 했어."

"우리라면······?"

"너 말고, 우리 다섯 명!"

"다섯 명을 불러서 뭘 하는데?"

"그건 말해줄 수 없어."

나한테까지 비밀이라니 조금 서운했다.

"칫! 날 못 믿는구나."

"아니, 그게 아니라······."

단우가 당황하며 머리를 긁적였다. 그 모습이 무척 귀여웠다.

"괜찮아. 네가 그런 데는 다 이유가 있겠지. 그냥 괜히 한번 그래본 거니까 마음 쓰지 마."

"이해해 줘서 고마워."

"나도 알아. 내 안에 있는 이 괴물 때문에 나한테 속속들이 모든 걸 알려주지 못한다는 걸."

단우가 '휴' 하며 안도했다.

그 작은 몸짓에서 단우가 나를 어떻게 여기는지가 확인되었다. 나를 아끼고 좋아하는 사람이 있다는 사실에 일그러졌던 행복이 다시 반듯하게 펴졌다.

"참, 손목은 어때?"

"괜찮아. 거의 다 아물었어."

내가 슬쩍 손을 내밀었고, 단우가 내 손을 살며시 잡았다. 손끝으로 전기가 흘렀다.

"어휴, 눈꼴 시려서 더는 못 보겠네."

어느새 단아가 바로 옆에 와 있었다. 나는 얼른 손을 뺐다.

"이거 받아."

단아가 누렇게 바랜 동전을 내밀었다.

"이게 뭔데?"

"뭐긴 뭐야? 도와달라며."

"다…… 들었어?"

"세화한테 항상 몸에 지니고 다니라고 해. 「누」가 영혼에 새겨버린 공포를 다 없애진 못하겠지만 증상은 크게 줄여줄 거야."

누런 동전을 조심스럽게 받았다.

"내가 어렵게 만들었어. 정말 아끼고 아끼는 물건인데, 단우를 봐서 너한테 주는 거야."

"고마워."

동전을 조심스럽게 품에 넣었다.

"단우, 너 나한테 빚진 거야."

"아휴, 꼭 그렇게 외상 장부를 기록해야겠냐?"

"어쭈! 계산은 철저히 해야 한다고 고집부렸던 게 누군데?"

"갚으면 될 거 아냐."

둘이 티격태격하는 모습이 유쾌했다.

"나는 지수한테 이거 전하러 갈게."

"그래, 빨리 가라 가. 둘이 알콩달콩 노는 꼴을 더 보기 싫으니까. 그나저나 내 임은 어디 계신 걸까? 다들 짝이 있는데……."

잰걸음으로 가는데 단아가 투덜거리는 소리가 들렸다.

"아, 그나저나 황련은 자기 애인이 납치당했는데 한가하게 신단이나 쌓고 뭐 하는 짓인지."

나는 한걸음에 지수에게 가서 단아에게 받은 동전을 건넸다. 품에 간직하고 있으면 완전히 벗어나진 못하겠지만 고통을 줄이는 효과가 있을 거라고도 전했다. 지수는 누런 동전이 무엇인지 자세히 묻지도 않았다.

"고마워."

지수가 서너 걸음 멀어지다가 말했다.

"이건 진심이야."

나는 아무 말도 하지 않고 그 자리를 벗어났다.

지수와 다시 가까워지면 어떨까 하는 상상이 찔끔 밀고 들어왔지만 얼른 떨쳐버렸다. 다시 예전 관계로 돌아갈 수 없다는 건 나도 지수도 너무 잘 알고 있었다.

동전을 준 지 며칠 뒤에 지수에게서 연락이 왔다. 세화가 많이 좋아졌다고 했다. 여전히 악몽은 꾸지만 강도가 약해졌고, 음식을 거부하는 증상은 거의 사라졌으며, 다시 사람들과 말도 섞고, 일상도 조금씩 회복해 간다고 전해줬다. 지수가 다시 한 번 고맙다고 인사해서 나는 단아 덕분이라고 대답했다.

그로부터 다시 며칠 뒤였다.

"세화가 널 만나고 싶대."

예상치 못한 제안이었다.

"갑자기 왜?"

의심부터 들었다. 지수도 나를 싫어하는데 세화는 두말할 나위도 없다. 아무리 내가 건넨 동전으로 상태가 좋아졌어도 나를 향한 미움까지 약해졌을 리가 없다.

"너랑 얘기하고 싶대."

지수에게서는 별다른 악의가 풍기지 않았다.

"세화는 날 미워하잖아."

나는 경계심을 풀지 않았다.

"내가 세화를 설득했어. 널 만나서 오해와 원망을 풀라고."

또다시 예상치 못한 전개였다.

"너도 날 싫어하잖아. 그런데 왜?"

"솔직히 말하면 나도 너 싫어."

지수가 입술에 힘을 주었다가 입을 뗐다.

"그렇지만 악감정을 길게 끌고 가고 싶지는 않아. 세화에게도 좋지 않고."

"세화가 선뜻 받아들였을 리가 없을 텐데……."

"동전 덕분이야. 어쨌든 네 덕분에 좋아졌으니까."

다행히 세화나 지수에게 악의는 없는 듯했다. 그렇다고 선뜻 제안을 받아들일 수는 없었다. 세화를 만나는 장면을 상상하면 숨부터 막혔다. 그 답답함은 어찌어찌 견딘다 해도 무슨 말을 해야 할지 막막했다. 나도 모르게 세화 심정을 거슬리는 반응을 했다가는 관계가 더 틀어질 뿐만 아니라 세화 상태가 다시 악화할 우려도 있었다.

"나는 세화가 기대하는 말을 할 자신이 없어."

"마음에 없는 소린 안 해도 돼."

"날 만나고 더 나빠질지도 몰라."

"세화도 많이 단단해졌어."

지수는 확고했다.

"잠시 생각할 시간을 줘."

지수가 고개를 끄덕였다.

망설임이 깊어지니 손끝이 차가워지며 아릿했다. 왼손으로 오른손

손가락을 꾹꾹 눌렀다. 돌로 손끝을 찧은 듯이 아팠다. 오른손 왼손을 꾹꾹 눌렀다. 고민은 소용돌이를 치며 흔들렸다. 두 손을 모은 채 턱 밑으로 끌어당겼다. 엄지로 턱을 누르며 입술을 깨물었다. 오른손으로 왼손 엄지를 꾹꾹 누르다가 왼손이 미끄러졌다. 옷으로 가려놓은 목걸이가 손에 닿았다.

'혹시!'

뚱딴지같은 발상이었다. 얼른 밀쳐내려다가 멈칫했다.

'〈신성의 목걸이〉는 「누」를 꼼짝 못 하게 만들었어. 어쩌면 〈신성의 목걸이〉가 세화 가까이 가면 「누」가 새겨놓은 공포가 사라지지 않을까?'

내 마음대로 결정할 일이 아니었다. 내 짐작이 맞는지 검증이 필요했다.

"미안한데 고민할 시간을 조금만 더 줄래? 당장은 결정하지 못하겠어."

"얼마든지 기다릴게."

나는 곧바로 단우한테 가서 상황을 설명하고 단우의 의견을 구했다. 단우는 바로 강하게 반대했다.

"좋지 않은 선택이야."

"세화가 그렇게 된 데는 내 책임이 커."

"네가 아니라 「누」 때문이었어."

"아니야. 내 욕심과 결핍이 원인이야."

"죄책감이 드는 건 알겠는데, 때가 안 좋아."

"때가 안 좋다니 무슨 말이야?"

"시내 곳곳에서 이상한 일이 벌어지고 있어. 아무래도 은별이를 이용해 사냥꾼들이 무슨 짓을 꾸미는 게 분명해."

"그거랑 내가 세화를 만나는 게 무슨 상관이야?"

"나도 몰라. 그렇지만 조심하는 게 좋을 것 같아."

"나에겐 이 목걸이가 있어. 그들은 나를 감지하지 못해."

"그건 그렇지만……."

"이 목걸이가 세화 가까이 가면 효과가 있는지만 알고 싶어."

"글쎄, 그건 단아에게 물어봐야지."

결국 단아가 수업이 끝날 때까지 기다렸다.

단아는 내 제안을 듣더니 입을 삐죽 내밀고는 내 주변을 빙글빙글 돌았다. 선선한 바람이 부드럽게 감쌌다. 그러다 우뚝 멈춰 〈신성의 목걸이〉 바로 앞으로 손을 뻗더니 손에 강한 힘을 주었다. 손이 눈처럼 하얗게 변하더니 하얀 연기가 피어올랐다. 연기 사이로 누런 종이가 나타나더니 불꽃이 일면서 삽시간에 재가 되어 떨어졌다.

"잠깐 나랑 얘기 좀 해."

단아가 단우 팔을 붙잡고 내게서 멀어졌다.

단아와 단우는 내가 들리지 않도록 조심하며 뭔가를 의논했다. 몸짓만 봐서는 단우는 거부하고, 단아는 설득하는 듯했다. 한참 후에 단우가 팔짱을 끼고 천천히 다가왔고, 단아는 빙그레 웃으면서 미끄러지듯 내게로 왔다.

"만나 봐."

뒤에 선 단우 표정이 심각했다.

"무슨 이야기를 나눈 거야?"

"별거 아니야. 단우가 워낙 네 걱정이 심하잖아."

단아가 단우를 힐끗 보며 입을 삐죽 내밀었다.

"괜찮으니까 만나 봐."

"효과가 있을까?"

"만나 봐야 알지. 그러니까 만나 봐."

단아가 억지 눈웃음을 쳤다. 아무리 봐도 다른 꿍꿍이를 품은 듯
했다.

"괜찮겠지?"

단아가 선뜻 가라고 하니 괜히 걱정되었다.

"나랑 단우가 몰래 뒤따라갈 테니까 걱정 마."

둘이 같이 간다니 안심이었다.

"말 나온 김에 당장 가자."

역시 단아는 머뭇거림이 없었다. 나와는 참 기질이 달랐다.

"지수한테 얘기해야 해."

"그럼 바로 말해."

"기숙사 외출 허가를 받아야 하는데……."

"어유, 뭐가 그리 복잡해."

단아가 짜증을 냈다.

나는 단아 독촉에 못 이겨 바로 지수에게 가서 내 의사를 전했다. 지수는 아주 반가워했다. 같이 사감 선생님에게 외출 허가를 받고 곧바로 학교를 나왔다. 운동장을 벗어나려는데 생강이가 뛰어와서 나에게 안겼다. 생강이를 쓰다듬고, 주머니에서 간식을 꺼냈다. 내가 생강이와 어울리는 모습을 지수가 물끄러미 쳐다보았다. 생강이와 친했던 세화를 떠올리는 걸까?

학교 정문을 나서자마자 곧 버스가 왔다. 버스에 오르면서 주변을 살폈다. 아무리 봐도 단우와 단아는 보이지 않았다. 둘 다 워낙 신출귀몰하니 잘 따라올 것이다.

"아파트 앞 공원 카페에서 보기로 했어. 아무래도 집에서 보기는 서로 불편하니까."

만나는 장소가 마음에 들었다. 많은 사람이 있는 곳이니 덜 위험할 것이다. 단우와 단아가 나를 지켜보기에도 좋은 곳이었다.

울긋불긋한 단풍나무를 두른 작은 공원 앞에서 내렸다. 단풍이 빚어낸 고운 색감이 산뜻했다. 어떤 예술가가 창조해 낸 빛깔과 형태보다 깊은 맛이 있었다. 내가 하는 예술이 가끔 허무하게 느껴질 때가 있는데, 바로 이렇게 자연에서 감히 내가 따라갈 수 없는 아름다움을 발견할 때다. 단풍에 빠져 걷다 보니 아담한 의자가 외출을 나온 작은 카페에 이르렀다.

"여기 앉을래?"

"좋아."

"뭐 마실래? 내가 살게."

"레모네이드. 시원하게."

지수가 카페로 들어가서 주문하고 돌아왔다.

"세화는 곧 온대."

어색한 침묵이 나와 지수 사이로 흘렀다.

"단풍잎이 참 곱네."

어색함을 깨기 위한 말이었다.

"그러네."

지수가 낮게 대답했다.

"동아리에서 이런 풍경을 발견해서 그릴 때 참 재밌었는데……."

머릿속에 맴돌던 생각이 무심결에 튀어나왔다.

말실수 같아서 얼른 지수 표정을 살폈지만, 지수는 다른 데 시선을
두고 있었다. 내 말에 대꾸하지 않으려고 그런 건지, 세화가 오는 걸
보려고 그러는지는 알 수 없었다. 잠시 뒤 주문한 음료가 나왔다. 레모
네이드에서 시원한 기운이 들어오니 정신이 맑아졌다. 세화는 레모네
이드를 절반쯤 마실 때까지 나타나지 않았다. 지수는 연신 세화가 올
곳을 보며 고개를 내밀었다. 나도 지수 시선을 따라서 살폈지만 세화
는 보이지 않았다. 서서히 걱정과 지루함이 밀려들 때였다.

"오랜만이네."

세화였다.

내 바로 옆에서 세화가 불쑥 나타났다. 놀라서 벌떡 일어나다가 레모네이드를 엎을 뻔했다.

"어, 오랜만이야……."

어색하게 인사를 했다.

세화는 내 맞은편 의자에 앉았다.

"뭐 마실래?"

지수가 물었다.

"커피. 아주 뜨겁게."

주문하면서도 세화는 내게서 시선을 떼지 않았다. 마주보기 버거운 시선이었다. 그렇지만 시선을 피하지는 않았다. 지수가 주문하러 카페 안으로 들어갔을 때도 세화는 조금도 변함없이 나를 노려보기만 했다. 나는 시선을 슬쩍 옮겨서 세화 상태를 살폈다. 꽉 묶었지만 푸석푸석함을 숨기지 못한 머리카락, 거칠고 어두운 살결, 바짝 마르고 갈라진 입술이 그동안 어찌 지냈는지를 그대로 드러냈다.

"좋아 보이네."

마른 입술이 달싹거렸다.

"그저 그래."

내 입술도 바짝 말랐다. 얼른 레모네이드로 입술을 적셨다.

"난 그저 그런 정도만 돼도 좋겠는데……."

마른 입술에 삭막한 바람이 불었다. 오아시스 하나 없는 사막 같았다. 레모네이드를 다시 입에 댔다.

'괜히 보자고 했어.'

세화를 마주할 힘이 없었다. 숨이 막히고 답답했다.

"난 그때 이후로 계속 귀신이 보여. 지금도 네 뒤에서 귀신이 떠다니며 나를 희롱해."

거짓인지 진짜인지 구분이 안 됐다.

"지수 말이…… 괜찮아졌다던데?"

"아, 그 동전!"

세화가 주머니에서 단아가 준 동전을 꺼냈다.

"평상시에는 똑같아. 그냥 악몽만 좀 약해졌을 뿐이야. 이젠 웬만한 악몽에는 아무렇지도 않지만."

레모네이드를 얼른 마셨다. 레모네이드가 떨어졌다. 카페 안을 봤다. 지수는 등을 보이고 서서 커피가 나오기를 기다리고 있었다. 알림벨이 울리면 가서 받아오면 될 텐데 왜 저렇게 가만히 기다리는지 모르겠다. 일부러 저러는 걸까?

"너!"

세화가 얼굴을 내 앞으로 바짝 들이밀었다.

"내가 보는 귀신을 너도 보면 좋은데. 꽤 신기하거든. 그림 소재로 아주 좋아."

세화 입술 끝이 새파랗게 변했다.

갑자기 자존심이 상했다. 다시 옛날 기억이 치고 올라왔다. 이게 어디서 도발이야, 도발이…….

"너 지금 날 놀리는 거야?"

그날처럼 눈에 힘을 줬다.

"날 보자고 했으면, 예의를 갖춰."

세화 왼쪽 눈꺼풀이 심하게 떨렸다. 얼굴이 일그러지며 뒤로 천천히 밀려났다. 의자에 깊이 앉은 세화는 입술을 꾹 다물고 나를 째려보았다. 그러나 조금 전 같은 매서운 기세는 아니었다. 기가 한풀 꺾였을 뿐만 아니라 어떤 점에서는 두려움을 느끼는 듯했다.

그래, 바로 그거야. 크크크크!

「누」였다. 〈신성의 목걸이〉를 목에 건 후 죽은 듯 지내던 「누」가 다시 깨어난 것이다. 불길한 징조였다. 나는 퍼뜩 정신을 차렸다. 이러려고 세화를 만나러 온 게 아니다.

"나는…… 네가 걱정돼서 왔어."

나는 빈 레모네이드 잔을 내려놓았다.

"너와 신경전을 벌이고 싶지는 않아."

세화 눈꺼풀은 여전히 파르르 떨렸다. 자신도 어쩌지 못하는 듯했다.

"네가 고통에서 벗어나길 바라, 진심으로."

세화가 입술을 꽉 깨물었다. 저러다 피가 나면 어쩌나 하는 걱정이 들 정도였다.

"여기, 커피!"

지수였다. 다행이다.

커피에서 뜨거운 김이 모락모락 났다. 고소한 커피향이 흔들리던 감정을 살포시 다독였다. 미안한 감정이 목구멍까지 올라왔다. 감정이 소리로 변해서 나오려고 했지만, 내 자존심이 그걸 허락하지 않았다.

'심유리! 그냥 말해. 솔직히 내 잘못이 크잖아.'

단 한마디였지만, 그 단어를 꺼내려면 용기가 필요했다. 발끝에 힘을 주었다.

"미안해."

한 번 뱉고 나니 막힌 하수구가 뻥 뚫린 듯 시원했다.

"미안해, 진심으로."

세화 얼굴에서 경련이 사라지며 딱딱하게 굳었다.

"뭐가 미안한데?"

예전 세화 목소리였다. 당당하고 자신감 넘치던 바로 그 세화였다.

"솔직히 말해봐. 뭐가 미안해?"

"세화야!"

지수가 말렸다.

"미안하다면서, 그럼 미안한 이유가 있을 거 아니야?"

세화는 지수가 말려도 아랑곳하지 않고 나에게 따져 물었다.

"그냥……."

"그냥 뭐? 그냥 미안해?"

세화가 커피를 들더니 단숨에 들이켰다. 김이 모락모락 날 만큼 뜨거운 커피를 숨도 쉬지 않고 입 안에 들이부었다. 섬뜩한 기세였다. 목걸이가 강하게 진동했다.

"미안한 이유가 뭐냐고!"

세화가 버럭 소리를 질렀다. 지수가 화들짝 놀라 뒤로 넘어질 뻔했다.

"네가 나에 관한 이상한 소문을 퍼트린 게 미안한 거야? 아니면 그날 그 방에서 지옥보다 끔찍한 고통을 겪게 만들어서 미안한 거야? 그게 아니면 불쌍하고 가련한 인간을 만나고 보니 연민이 들어서 너도 모르게 그냥 미안한 마음이 든 거야? 도대체 뭔데? 도대체 왜 나한테 미안해?"

세화가 벌떡 일어났다. 나는 의자를 뒤로 빼며 물러났다.

"저기요, 손님! 여기서 이러시면……."

카페 종업원이 나오며 세화를 말렸다.

세화는 나에게 눈을 떼지 않은 채 오른손을 번쩍 들었다. 손이 흙빛으로 변하더니 쩍쩍 갈라졌다. 말리던 종업원이 목을 움켜잡고 바들바들 떨었다.

"말해! 도대체 뭐냐고, 뭐냔 말이야! 미안하다고 했으면 이유를 말해야 할 거 아냐."

세화 목소리에 가래가 끓었다.

"세화야! 왜 그래? 너 또 이상한 환상에 붙잡힌 거야?"

지수가 세화 팔을 붙잡고 말렸다.

"너도 나를 동정하는 짓은 그만해."

세화는 지수마저 내쳤다.

"동정이 아니야."

"날 불쌍하게 취급하는 그따위 연민은 지긋지긋해."

"야! 너 정말 이따위로 굴 거야!"

지수가 버럭 화를 냈다.

"그래, 바로 그거야! 정직하게."

"네가 이럴 줄 몰랐어. 정말 네가 이렇게까지 망가졌을 줄은……. 난 그래도 한 줄기 희망으로 유리를 데려온 건데……."

지수가 가방을 들었다.

"유리야, 가자! 미안해. 내가 잘못 생각했어."

지수가 내 손을 잡았다. 나는 얼른 일어났다.

"어딜 가려고."

세화가 왼손을 뻗었다. 지수가 뻣뻣하게 굳더니 종업원처럼 목을 움켜쥐고 부들부들 떨었다.

"왜 그래? 지수야!"

지수 손을 목에서 떼려고 했지만 꿈쩍도 하지 않았다. 코에 손을 댔다. 숨결이 느껴지지 않았다.

"너, 뭐 하는 짓이야?"

세화에게 소리쳤다.

"뭐긴 뭐야, 복수지."

세화는 오른손을 내 목을 향해 겨눴다. 그러나 내게는 아무런 효과가 나타나지 않았다. 내가 아무렇지 않으니 세화는 왼손 오른손을 번갈아 나한테 뻗었다.

"나한테는 안 통해. 네가 어떻게 이런 능력을 얻었는지 모르지만 당장 그만둬!"

나는 세화 양손을 붙잡았다. 세화가 손을 빼려고 했지만 힘이 별로 없었다. 오랫동안 거식증과 악몽에 시달린 육체가 내는 힘으로 내 상대가 될 리 없었다. 내가 세화 손을 붙잡자 종업원과 지수가 목에서 손을 떼었다. 두 사람은 거친 기침을 하며 헐떡였다.

"네가, 네가 뭔데! 네가 뭔데 내 앞길을 망쳐!"

세화가 울부짖었다. 그러거나 말거나 나는 있는 힘껏 세화 손을 쥐었다. 〈신성의 목걸이〉가 강하게 떨렸다. 그 진동이 팔을 타고 세화 손목으로 전해졌다. 세화가 바들바들 떨었다.

"그러지…… 마……. 나한테, 그러지 마. 이 손 놔. 제발…… 이 손 놔주세요."

세화가 울먹였다. 나는 더 세게 잡았다. 어느 순간 느낌이 왔다. 「누」가 세화 영혼에 새겨 넣은 공포가 〈신성의 목걸이〉에 반응하며 진동했다. 점점 진동이 강해지더니 〈신성의 목걸이〉에서 퍼져나간 진동과 일치되었다. 그와 동시에 강력한 힘이 세화를 괴롭히던 진동을 빨아들였다.

"아아아악!"

지옥보다 깊은 골짜기에서 솟아난 절규였다.

"피해!"

단우였다.

단우가 번개처럼 빠르게 달려들어 나를 잡고 훌쩍 뛰어올랐다.

"어딜 가!"

모래를 긁으며 내는 목소리였다.

세화가 손을 뻗자 흙이 위로 치솟으며 나와 단우 앞을 가로막았다. 단우는 허리춤에 찬 칼을 빼내 흙을 향해 뻗었다. 흙이 부서지며 구멍이 생겼고, 단우는 재빨리 그 사이로 빠져나갔다. 구멍이 흙으로 곧바로 메꿔지며 나와 단우 쪽으로 덮쳐 왔다. 단우는 나를 내려놓더니 칼을 하나 더 뽑아서 가슴 앞에서 교차시켰다. 투명한 방어막이 돔 형태로 뻗어나가며 밀려드는 흙을 막아냈다. 그러나 그걸로 끝이 아니었다. 공원 바닥이 진동하더니 위로 엄청난 흙이 솟아올라 방어막을 뒤덮었다.

"나단아! 너 뭐 하는 거야? 구경만 할 거야?"

단우가 다급히 소리쳤다.

"잘 버텨봐. 애인을 지켜야지."

단아가 빈정거렸다.

"너 정말 이럴래?"

"그러니까 내 앞에서 둘이 닭살 돋는 짓 좀 그만하라고."

"지금 그런 말 할 때야?"

"어쭈, 그럼 그냥 간다!"

"야, 나단아! 너 진짜 죽을래?"

"히히히, 아이고 고소해라."

단우 팔뚝에 엄청난 힘이 들어가더니 눈이 하얗게 변했다. 손에 쥔 칼날이 투명하게 바뀌더니 엄청난 파동이 대기로 뻗어나갔다. 방어막을 짓누르던 흙더미가 산산이 흩어지며 사방으로 뿌연 먼지를 뿌렸다.

"버텨야지. 깨버리면 어쩌라는 거야? 잘 안 보이잖아?"

먼지 사이로 하얀빛이 춤추듯 너울거렸다. 단아 쪽 먼지가 사라지며 시선이 확보되었다. 단아가 가려는 방향으로 빛이 보였다. 빛이 점점 진해지는데 어디서 왜 빛이 나는지는 알 수 없었다.

단우도 재빨리 앞으로 달려가더니 다시 방어막을 펼쳤고, 그 방어막 안으로 세화가 들어왔다. 빛은 이미 세화를 반쯤 집어삼키고 있었다. 뱀이 먹이를 휘감듯이 빛무리가 세화를 휘감고 있었다. 빛이 만든 머리가 점점 커지더니 뱀이 먹이를 삼키려는 듯 크게 입을 벌렸다.

"지금이야!"

단우가 소리쳤다.

"나도 알아!"

단아가 양손에 부적을 펼쳐 들었다. 부적은 곧바로 재가 되더니 세화를 집어삼키려는 빛무리 안으로 빨려들었다. 그와 동시에 빛무리가 세화를 집어삼켰다. 세화를 삼킨 빛은 사방팔방으로 날뛰다가 어느 순간 훅 꺼지며 사라졌다. 세화가 바닥으로 쓰러지려고 하자, 단우가 재빨리 세화를 받았다. 하늘은 여전히 뿌연 먼지가 가득했다.

"나단아, 지수를 챙겨."

단우는 세화를 안고 내 쪽으로 뛰어왔다. 그 뒤로 단아가 지수를 안고서 달려왔다.

"빨리, 여길 벗어나자."

나는 단우와 단아 뒤를 따라서 뛰었다. 먼지를 뚫고 한참 뛰자 점점 먼지가 사라졌다. 단우와 단아는 세화와 지수를 각각 긴 의자에 눕혔다.

"둘 다 괜찮아?"

단우가 지수와 세화를 살피더니 안도하는 숨을 내쉬었다.

"괜찮아. 잠깐 정신을 잃었을 뿐이야."

안심이 되니 다리에 힘이 풀렸다. 바닥에 털썩 주저앉았다.

"괜찮아?"

단우가 쪼그려 앉으며 내 걱정을 했다.

"응, 좀 놀라서 그랬어."

나는 안심시키려고 작게 웃었다. 단우가 내 손을 잡더니 흐트러진 머리카락을 뒤로 넘겨주었다.

"어쭈! 또, 또, 또!"

단아가 투덜거렸다.

단우가 단아 눈치를 보더니 어색하게 일어났다.

"그나저나 어떻게 된 거야?"

내가 물었다.

"은별이를 찾으려고 했던 거야."

그제야 단우가 단아의 계획을 설명해 주었다. 단아는 세화 안에 새겨진 「누」에 주목했다. 은별이를 이용해 사냥꾼들이 어떤 일을 꾸민다면 「누」가 반응할 거라고 짐작했다. 단아 생각은 적중했다. 세화는 나를 보자 억눌렀던 감정을 드러냈고, 그 감정은 세화 안에 스며들었던 「누」를 깨웠다. 그 사악한 힘은 사냥꾼들이 은별이를 이용해 만들어낸 결계에 자극받아 폭주했다. 단아는 폭주하는 힘을 사냥꾼들이 흡수할 거라고 예상했다. 예상은 적중했고, 단아는 마지막 순간에 그 힘을 뒤따라갈 부적을 그 빛무리에 집어넣은 것이다.

"그럼 은별이가 잡혀 있는 데를 알아낸 거야?"

"그럼 당연하지!"

단아는 스스로가 기특하고 자랑스러운지 어깨를 흔들며 가볍게 춤을 추었다.

"솔직히 난 반대였어. 위험한 선택이었거든."

"아휴, 하여튼 여자친구 걱정에 판단력이 어떻게 됐다니까."

단아가 새침하게 쏘아붙였다.

"세화는 어때? 괜찮을까?

단아가 정신을 잃고 누워 있는 세화에게 손을 뻗었다. 손이 투명하게 변했다. 세화 주머니에 들었던 동전이 단아 손으로 빨려들었다. 단아는 동전을 자세히 살피더니 자신이 챙겼다.

"사라졌어."

"정말?"

"〈신성의 목걸이〉가 세화에게 깃든 공포를 「누」에게 되돌려 보냈어."

"그럼?"

"그래, 이제 세화는 더는 고통받지 않을 거야."

긴 동굴 끝에서 환한 빛과 맑은 공기를 만나면 이런 기분일까? 꼬이고 얽힌 복잡한 실타래가 한꺼번에 풀려나간 듯 시원했다. 내 잘못으로 상처받은 세화가 다시 건강하게 되돌아오니 진심으로 기뻤다. 이번에야말로 세화와 제대로 화해할 수 있을 것 같은 예감이 들었다.

04

악인의 감정

허은석 _ 『달빛소녀와 소년의 눈물』

"둘 다 해당하나요?"

담임 선생님은 내 눈을 마주 보지 못했다.

"통지서가 두 장이야."

선생님은 돌려 말하며 종이 두 장을 내 앞으로 밀었다.

"징계위원회가 언제죠?"

"자세한 사항은 통지서에 다 적혀 있어."

선생님은 빨리 대화를 끝맺고 싶은 것 같았다.

내 통지서부터 살폈다. 불법 시위에 참여하고, 무고한 시민과 싸움을 벌였으며, 경찰과 몸싸움을 벌여 학생이 지켜야 할 본분을 어겼고, 학교 이름에 먹칠을 했다는 죄목이었다. 징계 사유가 어처구니없었다. 나는 어르신들이 정식으로 신고한 집회에 나갔다. 불법 시위가 아니었다. 마을 어르신들과 다툼을 벌인 놈들은 개발업자들이 고용한 깡패들이었다. 깡패들이 먼저 폭력을 행사했고, 그 과정에서 중학생인 은율이가 어르신들을 보호하려고 맞섰다. 경찰은 그걸 핑계로 우리를 경찰서로 끌고 갔고, 우리는 끌려가면서 경찰과 싸우지도 않았다. 그저 억울해서 발버둥 치고 항의했을 뿐이다. 징계 사유는 전부 거짓이었다.

교장 선생님은 왜 이런 억지 징계를 하려는 걸까? 시위 다음 날, 교장 선생님은 나와 은율이를 징계위원회에 회부했다. 징계위원회가 예정된 날, 학교 수도관에서 썩은 물이 나오는 바람에 연기되었고, 그 뒤에는 내가 병원에 입원하면서 또 미뤄졌다. 내가 퇴원한 후 붉은박쥐가 발견되면서 은율산 개발은 보류되었고, 깡패들도 경찰에 잡혀갔다. 교장은 종인이 아빠인 김성팔 시의원과 가깝고, 김 의원은 개발업자와 결탁한 상태였다. 개발업자들이 추진했던 은율산 관광단지는 실패로 끝났다. 따라서 김 의원이 나와 은율이에게 징계를 내려서 얻을 실제 이득은 없다. 그런데도 징계하려는 까닭은 도대체 뭘까? 나와 은율이를 괴롭혀서 개발이 막힌 것에 대한 앙갚음이라도 하려는 걸까?

은율이 통지서를 폈다. 은율이는 나와 달리 항목이 두 가지였다. 첫째는 나와 같은데, 둘째는 학교폭력이었다. 폭력을 당했다고 신고한 이름을 보니 또다시 분노가 치밀었다.

"선생님은 이 사유가 타당하다고 보세요?"

제대로 대답하지 않으리라는 걸 알면서도 물었다.

"나는 징계위원이 아니야."

"담임 선생님이시잖아요."

선생님은 나를 외면한 채 가방에 주섬주섬 물건을 넣었다. 진실을 마주하기 싫어 도망치려는 행동이었다. 진실과 용기를 가르쳐야 할 선생님이 보일 태도가 아니었다.

"학교 밖에서 벌어진 사건은 선생님께서 모르시니까 그렇다 쳐요. 그렇지만 은율이가 학교폭력 가해자라는 종인이 주장이 얼마나 어이없는지는 선생님도 아시잖아요? 애들이 종인이한테 괴롭힘을 당한 게 하루 이틀도 아니어서 신고도 많이 했는데 다 무시하고 넘어갔잖아요? 이제껏 수많은 신고를 무시했으면서 종인이가 피해자라고 신고한 건 곧이곧대로 믿고 학교폭력대책심의위원회를 개최하다니 어떻게 이럴 수가 있죠?"

"어차피 심의위에서도 학교폭력 여부를 최종 결정하지는 않아. 교육청으로 넘길지 말지만 결정할 뿐이야."

"교육청으로 넘긴다는 건 학교에서는 학교폭력으로 인정한다는 의미잖아요?"

내가 따져 물었지만, 선생님은 가타부타 대답 없이 가방을 들고 자리를 뜨려고 했다.

"선생님!"

나도 모르게 큰소리가 나왔다.

"허은석!"

선생님이 딱딱하게 나를 불렀다.

"다시 말하지만 나는 개인 의견을 밝힐 수 없는 위치야."

"비겁한 변명이세요."

"너는 모르는 어른들 세상이 있어. 세상은 상식으로 돌아가지 않는 경우도 많아. 너는…… 똑똑하니까 너 자신을 잘 지킬 수 있을 거야."

선생님은 도망치듯 교실을 나갔다. 선생님이 머문 자리에서 비릿한 악취가 났다. 그저 자기 안위만 염려하는 비겁한 악취였다. 붉은 나비 두 마리가 교탁 위에 피어올랐다. 맹렬한 분노가 붉게 회오리쳤다. 그 기운을 담아 교실 밖으로 나비를 보내려다 그만두었다.

통지서를 챙겨서 교실을 나왔다. 종례를 마친 지 꽤 지난 시간이라 복도에는 사람이 아예 없었다. 은율이가 연극 연습을 하는 강당으로 갔다. 연습에 방해되지 않으려고 맨 뒤편 구석에 앉았다. 객석 쪽 조명을 끈 채 연습해서 구경하기에 편했다. 학교 축제가 얼마 남지 않아서 집중 연습이 필요해 날마다 저녁 버스를 타고 집에 가야 했지만, 은율이는 조금도 힘들어하지 않았다. 은율이는 교장 선생님이 주연을 못 하게 막자 연극을 그만두려고 했었다. 하지만 내가 입원해 있을 때 연극 선생님이 은율이를 설득했고, 은율이는 조연으로라도 참가하기로 했다. 적어도 은율이에게 조연과 주연의 차이는 거의 없었다. 은율산에서 동물들과 놀 때처럼 은율이는 연극할 때 환하게 빛이 났다.

열정에 차서 연기하는 은율이를 보니 싱숭생숭하던 마음이 차분하게 가라앉았다. 징계위원회에서 승리하려면 단단히 준비해야 한다. 시위와 관련해서 준비할 자료와 논리를 떠올렸다. 다양한 자료와 상황 근거가 있으니 징계 사유는 쉽게 무너뜨릴 자신이 있었다. 문제는 은율이 학교폭력 문제였다. 종인이가 자기 친구들까지 끌어들여서 나를 도발했지만, 다친 건 그쪽이었다. 그 녀석들이 모조리 증인이 되어 종인이 주장에 힘을 실으면 곤란해질 수 있다. 만에 하나 진단서라도 떼놓았다면 더 불리해진다. 거기에 은율이가 격투기 체육관에 다닌다는 사실까지 알려지면 여학생 한 명 대 남학생 여러 명이라는 논리도 힘을 잃을 것이다.

첫째 항목으로 열리는 징계위원회는 이길 자신이 있었다. 내 주장을 증빙할 서류도 충분했다. 문제는 둘째 항목인 학교폭력 문제였다. 만약 교육청으로 넘어간다면 어찌 될지 장담할 수 없었다. 김성팔 의원과 교장이 못된 수를 쓸 가능성이 커서, 교육청이 올바른 판단을 할거라 믿고 기다릴 수만은 없었다. 어떡하든 교육청으로 넘어가기 전에 학교 안에서 막아야 한다. 어떻게 해야 할까? 어떤 방법을 써야만 학교가 아예 교육청으로 넘길 생각을 하지 못하게 만들까? 당시 상황을 상세히 설명하는 걸로는 충분하지 않을 것이다. 종인이와 대질해서 허점을 파고들어 피해자라는 가면을 깨뜨려야 한다. 또 그동안 종인이에게 피해당한 사례를 수집하는 것도 필요할 것 같았다. 정 안 되면 종인이를 가해자로 지목해 고발할 필요도 있다. 아무래도 인맥이

넓은 설아에게 도움을 받아야겠다고 결론을 내렸다.

방향이 정해지니 연극이 온전히 눈에 들어왔다. 몇 번을 봐도 재미난 결말이었다. 몰입해서 구경하는데, 갑자기 무대 옆 출입문이 덜컹 열리며 교장 선생님이 나타났다. 혹시 몰라 재빨리 몸을 의자 아래로 숨기고, 나비를 만들어 보냈다.

"임 선생은 학교 명예를 뭐라고 생각해?"

교장이 다짜고짜 고함부터 질렀다.

연극 연습은 중단됐고 임 선생님은 어찌할 바를 몰랐다.

"요즘 선생들은 학생들에게 지식만 잘 전수하면 끝이라고 여기는 경향이 있어. 전인교육을 해야지. 지식만 전달하면 나중에 자기 이익만 챙기는 기득권자가 될 뿐이야. 역사를 보면 말이야. 재주가 뛰어난 자가 인격이 엉망일 때 얼마나 큰 해를 끼치는지 나온 사례가 무수히 많아. 선생이 돼서 그런 교육을 하면 되겠어, 안 되겠어?"

교장은 큰 잘못을 저지른 학생처럼 임 선생님을 몰아붙였다. 임 선생님 얼굴이 빨갛게 굳어졌다.

"정직보다 중요한 교육은 없는 거야. 재능이 뛰어나다고 타락한 인격을 용납하면 안 돼! 내가 무슨 말을 하는지 알겠어? 임 선생!"

임 선생님은 붉어진 얼굴을 살짝 숙인 채 아무런 대꾸도 하지 않았다.

"못 알아먹는 거야? 하여튼 요즘 선생들은 공부머리만 좋고, 인격 수양이 덜 됐다니까."

교장은 인격 운운했지만, 자기가 먼저 윗사람으로서 지켜야 할 기본 도리를 어기고 있었다. 구린내 나는 입에서 나오는 말 하나하나를 그대로 돌려주고 싶었다.

"학교의 명예를 실추시키고, 친구들에게 주먹을 휘둘렀다 이 말이야. 그런 학생에게 학교 축제에서 가장 빛나는 무대를 장식하게 하다니 지금 제정신이야?"

정지화면처럼 무대 위에 서 있는 은율이에게 교장이 손가락질을 마구 해댔다.

"허은율 학생이……."

임 선생님이 힘겹게 입을 뗐다.

"이 연극에 꼭 필요합니다."

말끝이 파리 날개처럼 떨렸다.

"허허, 말귀를 못 알아듣네. 인격 교육부터 하라고! 인격 교육! 재능이 모자라도 인격이 되는 학생에게 기회를 줘야지, 학교 안팎에서 주먹을 휘두르고 다니는 깡패 같은 학생에게 갈채 받을 기회를 줘야 하느냐 말이야! 다른 학생들이 뭐라고 생각하겠어? 아, 나쁜 짓을 저질러도 실력만 뛰어나면 되는구나, 하지 않겠어? 그거야말로 교육자로서 절대 하지 말아야 할 짓이야. 이런 건 사범대학교에서 안 배웠나?"

임 선생님 입술이 혈색을 잃고 파리해졌다.

"시간이 얼마 남지 않아서 다른 학생으로 대체하기 어렵습니다."

임 선생은 정면으로 대응하지 못했다. 그저 상황 논리로만 맞섰다.

담임 선생님보다는 낫지만 정면으로 대응하지 못한다는 점에서는 동일했다. 더구나 학생들이 지켜보는 데서 공연을 올리려면 못 뺀다고 해버림으로써 은율이가 문제라는 사실을 인정하는 꼴이 되어버렸다. 의자 밑에서 몸을 일으켰다.

"핑계하고는, 쯧!"

분노를 머금은 붉은 나비 수십 마리를 띄웠다.

은율이가 나를 봤다. 붉은 나비가 물결처럼 무대를 향해 날아갔다. 은율이가 손가락으로 가위표를 했다.

"이후 벌어질 사태는 임 선생이 책임질 각오해!"

교장은 들어올 때와 마찬가지로 문을 박차고 나갔다. 무대는 차갑게 얼어붙었고, 숨소리조차 조심스러웠다.

"오늘은 그만하자."

임 선생님 목소리에 힘이 없었다.

나비들이 둥그런 원을 그리며 무대 위를 돌다가 다시 나에게 돌아왔다.

"연극은 지금 정해진 그대로 할 테니까 흔들리지 말고 연습해."

임 선생님은 팔을 축 늘어뜨린 채 교장이 나간 문으로 사라졌다.

무대 위에 있던 학생들이 소품을 정리하더니 하나둘씩 빠져나갔다. 은율이는 마지막까지 남아서 무대를 청소하고 나에게 왔다.

"걱정 마!"

은율이가 맑게 웃었다.

"교장 선생님이야 늘 그렇잖아."

은율이가 교장 얼굴을 흉내 냈다.

"연극을 못 하게 하면 안 하면 돼."

은율이가 가볍게 받아들이니 내 마음도 조금은 가벼워졌다.

"징계위원회를 연대. 통지서가 왔어."

"하여튼 교장 선생님 뒤끝은 알아줘야 한다니까."

"학교폭력도 걸려 있어. 학교폭력으로 인정되면 교육청으로 넘어
갈 거야. 어쩌면 강제전학 당할지도 몰라."

은율이가 우뚝 섰다. 은율이가 나를 빤히 쳐다봤다.

"난 널 믿어. 그렇게 되지 않게 막을 거잖아."

"교장 선생님이 워낙 확고해서 어떻게 될지 몰라."

"넌 이미 대책을 다 세워놨잖아, 안 그래?"

은율이가 왼쪽 눈을 찡긋했다.

나도 모르게 빙그레 웃고 말았다.

"그나저나 은별 언니는 아직도 못 찾았어?"

"응, 도시 전체를 계속 살피는데 흔적이 없어. 의심스러운 장소란
장소는 모조리 뒤졌는데도."

"혹시 도솔시 밖으로 나간 게 아닐까?"

"나도 처음에는 그렇게 생각했는데, 아무래도 벗어난 것 같진 않아."

"이유가 있어?"

"내가 폭주한 날, 나비가 되어 토미리스와 시장이 계약서를 체결하

는 모습을 봤어. 시장이 패닉 상태에 빠져 어찌할 바를 모르는 와중에도 끝까지 계약서를 받아냈어. 일반인들에게는 절대 드러내지 않을 엄청난 능력으로 시장을 협박까지 하면서……."

"그렇게 할 만한 이유가 있겠구나."

"앞뒤 맥락을 따져보면 사냥꾼들은 꽤 오래전부터 도솔시에서 뭔가를 준비했어. 웬만해선 찾지 못할 비밀 기지도 만들었을 거야."

"그 여자 꿍꿍이가 뭘까?"

"단우 형 말로는 엄청난 힘을 지닌 존재를 깨우는 거래."

"그게 뭔데?"

"단우 형이 그 이상은 알려주지 않았어. 단우 형 말에서 풍기는 느낌으로는 인류 전체에 영향을 끼칠 만큼 엄청난 존재인 듯해."

"그게 깨어나면 어떻게 되는데?"

"그건 나도 모르지만……, 그리 좋지는 않을 것 같아."

우리는 학교 앞 분식집에서 저녁을 먹었다. 연극 연습이 끝나고 저녁 버스를 탈 때까지 시간이 많이 남았기 때문이다. 저녁을 먹으며 설아에게 상황을 설명하고 증인들을 모아달라고 부탁했다. 설아는 기꺼이 내 부탁을 들어주겠다고 약속했다.

다음 날, 등교하는데 느닷없이 교문에서 복장 단속을 했다. 입학한 뒤로 단 한 번도 없던 단속이었다. 다행히 나는 늘 교복을 단정하게 입고 다녀서 불시단속에 걸릴 게 없었다. 그렇지만 은율이는 달랐다. 은율이는 중학교에 입학한 뒤로 늘 체육복만 입고 다녔다. 그날도 마찬가지였다. 은율이는 이름이 적히고, 한참이나 잔소리를 들었다. 때마침 종인이가 자기 패거리들과 함께 교문으로 들어섰는데, 모두 교복을 반듯하게 입고 있었다. 여느 때와 완전히 다른 옷차림이었다. 마치 이런 단속이 벌어질 걸 미리 알고서 대비한 듯한 모양새였다.

'이렇게까지 치사하게 나오다니……'

느닷없는 복장 단속은 교장이 은율이를 노리고 일부러 벌인 짓인 게 틀림없었다. 종인이를 모범생으로 만들고, 은율이는 문제아로 만들려는 속셈이었다. 그렇다면 이 한 번으로 그치지는 않을 것이다. 위원회가 개최될 때까지 끊임없이 함정을 파서 은율이를 노릴 게 분명했다. 자료와 논리만 꼼꼼히 준비한다고 될 일이 아니었다. 더 치밀하게 준비하지 않으면 예상치 못한 일격을 맞을 수도 있었다.

나는 교실로 오자마자 교무실로 담임 선생님을 찾아갔다.

"무슨 일이야?"

나는 종이 두 장을 내밀었다.

"이게 뭐니?"

"대질심문 요청서와 증인 신청서입니다."

"대질? 증인? 허, 참."

요청서를 읽은 담임 선생님이 눈을 치켜떴다.

"종인이와 대질하게 해달라는 거야? 학교폭력대책심의위원회에서?"

"네."

"왜?"

"진실을 밝히기 위해서죠."

"진실이라⋯⋯."

생략한 뒷말에서 비릿한 악취가 풍겼다.

"증인은 왜 이렇게 많아?"

"은율이가 가해자가 아니라는 걸 밝힐 증인들입니다."

"너, 지금 무슨 의도로 이러는 거니?"

"선생님이 말씀하셨죠. 저는 똑똑해서 잘 방어할 거라고. 그 말씀대로 할 뿐입니다."

선생님은 서류를 손가락으로 툭툭 쳤다.

"일단 접수는 하겠지만 결정은 위원회에서 할 거야."

"방어권이 보장되지 않으면 나중에 부당한 절차를 문제 삼을 거라는 점도 위원회 분들에게 알려주세요."

"지금, 협박하는 거니?"

"협박이 아니라 권리 행사입니다."

선생님은 헛웃음을 치더니 의자 깊숙이 몸을 묻었다. 선생님과 내 시선이 얽히며 기싸움을 벌였다.

"휴, 좋아! 위원회에 그대로 전할게."

담임 선생님이 서류를 봉투에 집어넣었다.

"감사합니다."

정중하게 인사드리고 교무실을 나오는데 따끔한 눈총이 여기저기서 쏟아졌다. 교무실에 있는 다른 선생님들이 날리는 칼날이었다.

2교시, 수업 시간에 선생님이 나를 낯설게 대했다. 갑자기 배운 적도 없는 지식을 물었고, 어려운 발표를 시켰으며, 느닷없이 내 공책과 교과서만 검사했다. 나는 전혀 당황하지 않고 질문을 받아넘겼고, 능숙하게 발표했으며, 공책과 교과서는 늘 깔끔하게 정리했기에 트집잡힐 만한 게 없었다. 선생님은 대놓고 트집을 잡으려고 했지만 나는 유유히 빠져나갔다. 3교시 선생님도 똑같았다. 수업이 끝날 때까지 끝없이 나를 괴롭혔다. 무난히 넘기긴 했어도 무척 이상했다. 자연스럽게 징계가 떠올랐고, 은율이가 걱정되었다.

'나한테 이런다면 은율이한테도?'

걱정돼서 4교시가 되자마자 재빨리 은율이 반으로 붉은 나비를 보냈다. 염려가 기우에 그치길 바랐지만 안타깝게도 은율이는 심하게 괴롭힘을 당하고 있었다. 선생님은 툭하면 은율이에게 질문했고, 태도를 트집 잡으며 공책과 교과서를 제대로 정리하지 않았다고 구박했다. 불행 중 다행으로 은율이는 별로 힘들어하지 않고 선생님들 압박을 흘려보냈다.

점심을 먹고 은율이를 도서관으로 불렀다. 사서 선생님이 나를 아껴서 도서관은 내게 가장 친숙하면서도 안전한 장소였다. 나는 돌아가는 상황을 은율이와 공유했다. 나는 심각한데 은율이는 별다른 걱정이 없었다.

"그래봐야 뭐 어쩌겠어."

"그게 꼭 그렇지 않아. 네 평판을 나쁘게 해서 위원들에게 편견을 심으면 결정에 영향을 끼칠 수 있어."

"선생님께 안 대들면 되잖아."

"대들면 그걸로 끝이지."

"알아서 잘 버틸 테니까 걱정 마."

은율이는 나를 믿었다. 믿음을 지켜주고 싶은데, 솔직히 걱정이 앞섰다. 교장뿐 아니라 선생님들까지 하나가 되어 비열한 짓을 저지르는 현실에 울화가 치밀었다. 사방에서 옥죄어 오는 사악한 악취에 구토가 나왔다. 자꾸 더럽혀지는 내 영혼을 치유하는 약은 은율이였다. 그 어떤 악조건에서도 순수함을 잃지 않는 은율이가 내게는 든든한 버팀목이었다.

"증언할 애들을 설아가 다 모았어."

"역시, 설아는 대단해."

"아무래도 역공해야겠어."

"역공?"

"종인이를 가해자로 걸어야 방어가 수월할 거야."

"피해자는 누군데?"

"설아와 상의해 봐야지."

"조금 억지스럽네."

"반대하는 거야?"

"자연스럽게 하자."

별처럼 맑은 눈이 뒤틀린 감정을 콕콕 건드렸다.

"그래, 알았어."

은율이는 맑고 깨끗한 길을 원했다.

"상대가 나쁜 수를 써도 우리는 정직하게……. 그래도 네가 수업 시간에 곤란한 상황에 몰리게 놔두고 싶지는 않아."

"안 그래도 조금 힘들긴 했어. 날 도와줄 방법은 있는 거야?"

손끝에서 분홍 나비 한 마리가 날갯짓했다. 나비가 포르르 날아서 은율이 이마 앞으로 갔다.

"뭐야?"

은율에게는 나비가 보이지 않는다.

"나비를 너에게 보냈어. 나비를 네가 온전히 받아들이면 내 생각이 전해질 거야."

"나비가 어딨는데?"

나비가 은율이 이마에 앉았다.

"느껴져?"

"잘 모르겠는데……."

은율이 눈망울이 초롱초롱 빛났다.

깊은 호흡을 하고 나비에 집중했다.

"색다른 신호가 오지 않아?"

"잘 모르겠어. 잠깐만…… 이 낯선 감각이 혹시……?"

"저항하지 말고 받아들여."

은율이가 눈을 감았다. 두 사람이 내는 숨소리만 들렸다. 서로 엇갈리던 들숨과 날숨이 점점 운율을 맞추더니 완벽하게 공명했다.

"지금 떠오르는 이 생각이 네가 전하는 거야?"

"응, 맞아."

"그 붉은 나비로 이런 능력도 발휘하다니 신기하네."

"나도 며칠 전에야 이게 가능하다는 걸 알았어. 선생님이 어려운 질문을 하거나 곤란한 발표를 시키면 내가 도와줄게."

"재밌겠다."

다행히 5교시에 우리 반에 들어온 선생님은 평소와 다름없었다. 반면에 은율이네 반에서 수업하는 선생님은 또다시 은율이를 괴롭히려 들었다. 어려운 질문이 들어오면 대답할 내용을 곧바로 보냈고, 은율이는 한 치도 어긋나지 않게 정확히 답했다. 수업에서 중요한 대목은 내가 미리 정리해서 트집거리를 제거해 버렸다. 6교시는 은율이 반이 체육수업이라 굳이 돕지 않아도 괜찮았다. 우리 반에 들어온 선생님이 나를 또 괴롭혔지만 아무런 타격을 입히지 못했다.

절반이나 되는 선생님들이 교장이 시키는 대로 나와 은율이를 괴롭혔다. 비열한 것인지 겁쟁이들인지 모르겠다. 아무리 교장이 시켰더라도, 부당한 지시를 거부하지 못한다면 선생님으로서 자격이 없다고 생각했다.

종례를 마치고 나가려는데 담임 선생님이 나를 불렀다. 선생님은 종이 두 장을 내게 내밀었다. '통지서'라는 제목이 쓰인 종이에는 간단한 문장이 적혀 있었다.

- 대질심문 요청은 부적절하므로 받아들이지 않음.
- 신청한 증인은 이번 사건과 무관하므로 받아들이지 않음.

종이를 든 채 선생님을 빤히 쳐다봤다.

"대질심문이 왜 부적절하다는 거죠?"

"나는 답변할 위치에 있지 않아."

선생님은 내 질문을 냉정하게 쳐냈다.

"참 편리하시네요."

"너, 선생님에게 무슨 말버릇이니?"

바로 되받아치려다 참았다. 선생님에게 따져봐야 의미가 없었다. 어차피 내가 뭐라고 하든 대답은 뻔했다.

"요청서를 다시 제출하겠습니다."

나는 정중하게 말했다.

"그래봐야 결과는 똑같을 거야."

"압니다. 저는 학교에서 진행하는 징계 과정이 부당하다는 근거를 쌓으려는 겁니다."

"내가 충고 하나 할까?"

나는 답하지 않고 가만히 있었다.

"괜히 헛힘 쓰지 말고 다른 방법을 찾아보는 게 어때?"

"그게 뭔데요?"

"교장 선생님께 찾아가서 죄송하다고 해."

"저와 은율이는 잘못하지 않았어요."

"꼭 잘못해서 사과하는 건 아니야. 교장 선생님은 권위를 중요하게 여겨."

권위가 아니라 권력이라고 교정하고 싶었다.

"권위를 인정해 드리고, 무릎을 굽히면 용서하실 거야."

"전 용서받아야 할 만한 잘못을 하지 않았어요."

"넌 절대 교장 선생님을 못 이겨. 혹시 이번에는 어찌어찌 넘어가더라도 그 뒤에는 더 큰 폭풍이 몰아칠 거야."

"그래도 부당한 권력에 굴복하고 싶지 않아요."

선생님은 깊고 짙은 한숨을 내쉬었다.

복잡한 속내가 묻어나는 한숨이었다. 나는 정중히 인사드리고 교실을 나왔다. 복도로 나가니 종인이가 두 손을 바지에 찌른 채 발을 까딱거리며 삐딱하게 서 있었다. 무시하고 가려는데 종인이가 그냥 지나가게 내버려 두지 않았다.

"넌 피해자를 가해자와 마주치게 하는 게 얼마나 폭력인지 모르냐? 피해자 우선주의 몰라? 멍청하긴."

그대로 넘어가기 힘든 도발이었다.

"피해자? 네가?"

"째려보면 어쩔 건데?"

어떻게 해버리고 싶은 충동이 일었다.

"그리고 알아? 우리 엄마가 학교운영위원회 부위원장이야. 징계위원회든 심의위원회든 다 우리 엄마가 관여해. 넌 절대 날 못 이겨."

비열한 권력을 자랑하는 꼴이 한심했다. 그러나 의도치 않게 내게 유용한 정보를 종인이가 제공했다는 사실을 깨달았다. 대질심문을 허용하지 않고, 종인이에게 불리한 증인을 모조리 거부한 사유가 종인이 엄마 때문이라고 추론할 수 있었기 때문이다. 나는 곧바로 도서관으로 가서 사서 선생님 컴퓨터로 대질심문과 증인들이 직접 증언할 기회를 달라는 요구를 담은 서류를 작성했다. 그러고는 다시 담임 선생님에게 가서 제출했다. 담임 선생님은 묵묵히 내가 제출한 서류를 받았다.

연극 연습을 구경하러 가는데 은율이가 강당 문을 열고 나왔다.

"연습이 벌써 끝났어?"

은율이가 어깨를 으쓱했다.

"뭔 일 있어?"

"차 시간 늦겠다. 빨리 가자."

"뭐야?"

은율이가 팔짱을 꼈다. 나는 영문도 모른 채 은율이에게 끌려 버스 정류장으로 갔다. 정류장에 가자마자 버스가 왔다. 은율이가 운전기사에게 생기발랄하게 인사했다.

"오늘은 빨리 타네."

운전기사가 반갑게 맞이했다.

"앞으로는 늦을 일 없을 거예요."

은율이가 뒷좌석으로 잽싸게 가서 앉았다.

"무슨 말이야? 이제 연습 안 해?"

뒤따라가 앉으며 물었다.

"응, 연극 그만뒀어."

"무슨 소리야?"

"교장이 연극 선생님을 심하게 괴롭혔나 봐. 선생님이 너무 힘들어하셔서 내가 먼저 그만두겠다고 했어."

움켜쥔 주먹이 부들부들 떨렸다.

"난 괜찮아. 그러니까 화내지 마. 더 이상 늦지 않아도 되니 너한테도 좋잖아."

은율이는 괜찮지 않았다. 겉으로는 저래도 속이 얼마나 아픈지 나는 안다. 은율이가 아프면 나도 아프다.

아무래도 순진한 방식으로 대응해서는 안 될 듯했다. 순진한 사람은 악인들에게 당하기만 한다. 종인이와 교장이 권력을 쓴다면, 나도 내가 지닌 능력을 쓰기로 했다. 은율이가 알면 반대하겠지만 나는 내가 선택한 방법이 정당하다고 확신했다. 이대로 가면 내가 아무리 타당한 근거를 대고, 증거와 증인을 모아도 그들 멋대로 결론을 내릴 게 뻔했다. 부당한 권력에는 강한 힘으로 맞서야 한다. 아니, 무자비하게 짓눌러야 한다.

집에 와서 은율이와 함께 시간을 보내다 혼자가 되었다. 할아버지와 할머니는 내 방에 아무 때나 들어오는 분들이 아니지만 혹시 몰라서 문을 잠갔다. 깊은 들숨과 함께 붉은 나비를 깨웠다. 열린 창문으로 수백 마리 나비가 날아갔다. 종인이를 찾아서 움직이던 나비들이 수학 학원에서 공부하는 종인이를 찾아냈다. 종인이가 나올 때까지 기다렸다. 수업이 끝나고 종인이는 노란 버스에 올라탔다. 버스 뒤를 붉은 나비가 따라갔다. 붉은 나비는 종인이를 따라 집으로 들어갔다. 거실에 종인이 아버지인 김성팔 의원이 앉아 있었다. 종인이는 아버지에게 인사하더니 자기 방으로 들어갔다.

나비 한 마리가 김성팔 머리 뒤쪽으로 날아갔다. 나비가 빙그르르 돌다가 뒷골에 달라붙었다. 나비가 뇌로 파고들었다. 탐욕, 죄악, 이기심, 허영, 권력욕 등 사악한 감정이 얽히고설켜 파고들 틈이 거의 없었다. 내가 찾아서 키우려는 감정은 아무 데도 없었다. 세상에 이런 인간이 존재하나 싶었다. 나비 한 마리로는 모자랐다. 다시 한 마리를 더 들여보냈다. 여전히 빈틈이 보이지 않았다. 또 한 마리를 들여보냈다. 그래도 없었다. 또 넣었다. 또 없었다. 또 집어넣었다. 마침내, 작은 틈이 열렸다. 나비가 힘겨워했다. 한 머리를 더 보냈다.

그것은 수십 년 전에 묻힌 감정이었다. 부끄러움, 정직, 염치, 솔직함이라는 감정이 아슬아슬한 씨앗으로 남아 있었다. 나비 한 마리로는 싹을 틔우기가 힘들었다. 한꺼번에 수십 마리를 집어넣었다. 김성팔이 목덜미를 붙잡더니 인상을 썼다. 나비들이 씨앗에 달라붙었다. 강한 힘으로 씨앗을 열었다. 여린 잎이 나고, 줄기가 자라고, 가지를 뻗었다. 가지가 굵어지고 잎이 돋아났다. 다시 나비를 보냈다. 나무가 여러 그루 자라났다. 김성팔이 머리를 붙잡고 바닥에 쓰러졌다. 나무가 커지고 늘어나면서 숲이 무성해졌다. 양심이라는 숲이 강렬하게 뇌를 지배하게 했다. 부끄러움으로 심장이 뛰고, 온 신경이 소용돌이쳤다. 불의한 짓을 한 자신을 용납하지 못하게 만들었다. 김성팔은 괴성을 지르다가 얼굴이 시뻘게지더니 울음을 터트리며 바닥을 뒹굴었다. 종인이와 누나, 김성팔의 아내가 놀라서 뛰어나왔다.

바람이 불었다. 숲이 일렁였다. 김성팔은 얼굴을 감싼 채 오열했다. 가족들은 어찌할 바를 몰랐다. 한참 동안 울던 김성팔은 갑자기 자동차 열쇠를 챙겨서 현관을 박차고 나갔다. 나비 떼가 김성팔을 따라갔다. 김성팔은 미친 듯이 운전해서 경찰서로 갔다. 경찰을 만나자마자 김성팔은 엉엉 울면서 자기가 지은 죄를 모조리 털어놓았다. 당황한 경찰이 김성팔을 조사실로 데려갔다.

김상팔은 조사실로 가면서 머뭇거렸다. 다시 양심이 사라진 김성팔로 돌아가려는 조짐이 보였다. 숲이 약해진 탓이었다. 다시 나비 떼를 들여보냈다. 조사관이 오자 다시 김성팔은 엉엉 울면서 자기 죄를 모두 털어놓았다. 범행을 입증할 증거도 모조리 알렸다. 김성팔이 조사를 다 마칠 때까지 나비들은 그 자리를 지키며, 혹시라도 양심이 약해지려 할 때마다 몰려 들어갔다. 모든 조사가 끝나는 걸 확인하고서야 나비를 거둬들였다. 창문 밖으로 날이 밝고 있었다. 창문을 열었다. 멀리 은율이네 집이 보인다. 내가 한 일을 은율이가 알면 잘했다고 지지할지, 잘못했다고 타박할지 모르겠지만 후회하지 않을 것이다. 김성팔은 벌 받을 짓을 했으니 그 대가를 치러야 한다. 종인이 인생을 위해서도 필요한 일이었다.

　처음으로 교복을 입고 등교한 은율이는 답답한지 자꾸 넥타이를 잡아당겼다.

　"단속을 통과할 때까지만 참아."

　나는 은율이 넥타이를 반듯하게 바로잡았다.

　"교문만 통과하면 체육복으로 갈아입어도 되겠지?"

　"선생님들이 수업 시간에도 단속할지 몰라."

　"도대체 걷기에도 불편한 교복은 왜 입고 다니라는 거야?"

　은율이는 투덜거리면서도 복장을 흐트러뜨리지 않았다. 교문에서는 어제와 마찬가지로 단속하고 있었다. 단속하는 선생님이 나와 은율이를 붙잡더니 까다롭게 검사했다. 함께 교문을 지나던 애들이 우리 때문에 곤혹스러웠을 것이다. 단속을 통과해서 가는데 교문에서 소란이 일었다.

　"날 왜 잡아요? 내가 누군지 몰라요?"

　종인이가 난동을 부렸다.

　"이 녀석이 왜 이래?"

　선생님이 제압하려 하자 종인이가 더 거칠게 몸부림쳤다.

　그때 요란한 사이렌을 울리며 경찰차 두 대가 교문을 지나갔다. 종인이는 흠칫 놀라더니 경찰차를 뒤따르려고 했다. 선생님이 종인이 팔목을 잡고 못 가게 했다.

"이 녀석 어딜 가려고! 감히 선생님 앞에서 이따위 짓을 하다니."

종인이가 팔을 뿌리치려 했지만, 선생님은 종인이 팔을 꽉 잡더니 살짝 비틀었다. 종인이는 비명을 지르며 무릎을 꿇었다.

"날 무시하는 거야? 우리 아빠가 누군지 알아? 우리 아빠가, 우리 아빠가……."

종인이가 갑자기 통곡했다.

단속은 중단되었고, 등교하는 학생들은 눈치를 보며 재빨리 교문을 지나쳤다.

"쟤 왜 저래?"

은율이가 물었지만 나는 어깨를 으쓱하고 말았다.

종인이가 서글프게 울자 선생님은 당황하며 붙잡은 손을 놓았다. 손이 자유로워지자 종인이는 팔뚝으로 눈물을 훔치면서 일어났다. 얼굴이 푸석푸석하고 눈은 퉁퉁 부어 있었다. 밤새 마음고생을 심하게 한 티가 났다.

"집에 뭔 일이 있는 모양인데, 오늘만 선생님이 특별히 봐줄 테니까 앞으로는 주의해."

선생님은 애써 관대한 척하며 종인이에게 들어가라고 허락했다.

종인이는 팔을 축 늘어뜨리고 훌쩍거리며 걸었다. 그러다 우리를 발견했다. 종인이가 갑자기 씩씩거렸다. 어깨가 심하게 들썩이고 눈꺼풀이 떨리고 광대뼈가 씰룩거렸다.

"너희들, 너희들 때문에…… 씨…… 너희들 때문에……."

종인이는 말을 제대로 잇지 못했다.

"은율아, 가자."

맞서봐야 좋을 게 없었다.

자리를 벗어나려고 하자 종인이가 버럭 고함을 질렀다.

"야, 어딜 도망가?"

은율이가 힐끗 종인이를 째려봤다.

"내버려 둬."

은율이 손을 잡아끌었다.

"어디 가냐고 묻잖아!"

종인이가 와다닥 돌진해 왔다.

은율이는 내 손을 잡아당기면서 돌진하는 종인이를 한 손으로 가볍게 제쳤다. 종인이는 제힘에 못 이겨 앞으로 나뒹굴었다.

"여기서 싸우면 안 돼."

내가 재빨리 말렸다.

"걱정 마."

"빨리 가자."

바닥에 엎어졌던 종인이가 비틀비틀 일어나며 머리를 마구 헝클어뜨렸다.

"으아아악~~~!"

느닷없는 괴성이었다.

쇠스랑으로 서걱서걱 바위를 긁는 듯했다. 날카로움과 불쾌함이 뒤엉킨 파장이었다. 청각에 날이 서고, 불길한 긴장감이 발목을 붙잡았다.

쿵!

강하게 땅을 치받는 마찰음에 이어 무시무시한 굉음이 하늘을 갈랐다.

"위험해!"

누가 소리를 질렀고, 은율이는 날 붙잡고 옆으로 굴렀다.

쾅!

내가 서 있던 자리에 종인이가 내려섰다. 종인이 발밑에 놓인 보도 블록이 강한 힘에 짓눌려 아래로 꺼졌다.

'5미터는 떨어진 거리였는데, 거기서 여기까지 뛰다니⋯⋯.'

보통 사람이 그럴 수는 없다. 저런 능력을 발휘할 존재는 사냥꾼들밖에 없다. 그런데 종인이는 사냥꾼이 아니다. 조금 전까지 선생님에게 간단히 제압당하던 종인이가 어떻게 저런 강한 능력을 발휘하는지 이해되지 않았다. 종인이 눈이 이글이글 불탔고, 주먹에는 불끈불끈 핏줄이 튀어나왔다. 저런 능력이 왜 갑자기 생겼는지 모르지만, 일단은 종인이를 제압해야 했다. 종인이는 강렬한 살기를 뿜어냈다.

"이게 보자 보자 하니까!"

은율이는 내가 말릴 틈도 없이 종인이에게 달려들었다.

"은율아, 위험해!"

내 말이 끝나기도 전에 둘이 맞붙었다. 종인이가 강하게 주먹을 휘둘렀지만, 은율이는 유연하게 피하며 종인이 발목 옆을 걷어찼다. 보통 사람 같으면 균형을 잃고 쓰러져야 하는데, 종인이는 잠깐 휘청이더니 곧바로 중심을 잡았다. 그러고는 곧바로 은율이를 향해 주먹을 휘둘렀다. 주먹에서 공기를 찢어발기는 소리가 났다. 나한테까지 들릴 만큼 강렬했다. 은율이가 반격하려고 했으나 좀처럼 기회를 잡지 못했다. 무엇보다 교복 치마가 걸림돌이었다. 여느 때 은율이였다면 날쌘 몸놀림과 발차기로 반격했을 텐데 치마를 입어서 움직임이 둔해졌다. 그래도 은율이는 능숙하게 피했다. 워낙 주먹을 격렬하게 휘둘러서 종인이가 곧 지칠 줄 알았는데 예상과 달리 주먹은 더 빨라졌다.

그대로 두었다가는 은율이가 크게 다칠 수도 있었다. 종인이가 워낙 무섭게 주먹을 휘둘러서 아무도 싸움을 말리려고 끼어들지 못했다. 선생님도 허망한 야단만 칠 뿐 어찌할 바를 몰랐다. 더는 지켜만 볼 수 없었다. 나는 붉은 나비 수백 마리를 만들어 곧바로 종인이를 덮치게 했다.

은율이를 공격하던 종인이는 나비 떼가 몰려들자 화들짝 놀라며 피하려고 했다.

'종인이 눈에 나비가 보이는 걸까?'

종인이가 몸을 휙 돌리더니 나를 향해 돌진했다. 나는 붉은 나비를 더 많이 일으켜 종인이를 뒤덮었다. 종인이 머리 뒤에 달라붙은 붉은 나비들이 종인이 머릿속으로 파고들었다. 종인이가 떼어내려 했지만, 손은 붉은 나비를 그대로 통과했다. 종인이 눈에 붉은 나비가 보이는지는 모르지만, 다행히 붉은 나비를 방어할 능력은 없었다. 그러나 저항은 강력했다. 단단한 쇠문처럼 감정이 열리지 않았다. 수백 마리나 되는 붉은 나비를 한꺼번에 돌진시키자 겨우 문이 살짝 벌어졌다. 그 틈으로 붉은 나비들이 밀려 들어갔다.

나를 향해 달려들던 종인이가 목덜미를 붙잡고 쓰러지더니, 통나무처럼 바닥을 굴러다녔다.

나가! 내 머리에서 나가! 나가란 말야!

고통에 찬 신음에 정신이 흔들렸다. 모두 귀를 틀어막으며 뒷걸음질 쳤다. 나는 그대로 버텼다. 더 많은 붉은 나비들로 종인이를 내리눌렀다. 종인이가 말을 하는데 쇠를 긁는 마찰음이 들렸다.

날 내버려 둬!
우리 아빠한테도 이랬지?
널, 죽여버릴 거야.
너 이 새끼, 너 때문에 우리 아빠가!

종인이가 이를 악물고 일어났다. 눈빛에 초점이 없었다. 종인이가 고양이처럼 몸을 움츠렸다. 도약을 위한 준비 자세였다. 나와 종인이 사이는 다섯 걸음 정도라 아까 봤던 도약력을 고려하면 나를 덮치기에 충분했다. 피할 시간은 없었다. 더 강하게 붉은 나비로 종인이를 내리누르는 길밖에 없었다. 붉은 나비와 종인이 의지가 맹렬하게 싸웠다. 누르고 눌러도 제어되지 않았다. 종인이가 뿜어내는 분노는 믿을 수 없을 만큼 강력했다. 분노라는 감정에 사로잡혀서 이런 수준으로 의지가 폭주하다니 믿기지 않았다. 어쩌면 과거에 내가 폭주할 때 바로 이런 상태였는지도 모르겠다. 이 상태라면 통제할 수 없다. 그러나 포기하면 내가 당한다. 은율이도 다치고, 걷잡을 수 없는 피해가 생길 것이다.

붉은 나비 떼를 한계치까지 끌어올렸다. 종인이는 그걸 버티며 다리에 힘을 주었다.

픽!

종인이가 막 뛰어오르려는 그 순간, 은율이가 팔꿈치로 종인이 뒤통수를 강하게 내리찍었다. 뛰어오르기 직전이라 온 힘이 발에 모여 있었고, 머릿속도 나비 떼로 약화된 상태여서 은율이의 공격은 강한 효과를 발휘했다. 종인이는 휘청대며 앞으로 쓰러졌고, 붉은 나비에 저항하는 힘도 약해졌다. 바닥에 쓰러진 종인이가 다시 일어나려고 했지만 이미 붉은 나비가 종인이 감정을 장악해 들어가고 있었다. 붉은 나비는 분노를 통제하고, 다른 감정을 키웠다. 그 상태에서도 종인이는 주먹을 쥐고 일어나려 했다. 엄청난 맹목성이었다.

퍽!

은율이가 다시 한 번 팔꿈치로 종인이 뒷머리를 가격했고, 종인이는 그대로 바닥에 쓰러지며 정신을 잃었다. 정신을 잃으면 감정을 통제하기 쉬워진다. 분노를 가라앉히고, 의식을 깊은 수면 상태에 빠트렸다.

"뭐가 어떻게 된 거야?"

"미친 거 아냐?"

"그 힘 봤어?"

다들 종인이 주변에 모여들며 시끄럽게 떠들었다. 나는 얼른 무리 밖으로 빠져나왔다. 은율이가 가방을 벗더니 체육복을 꺼냈다.

"체육복 입을래. 답답해 미치는 줄 알았어."

은율이는 내가 말릴 새도 없이 체육복 바지를 입었다.

"앞으로는 단속에 걸리든 말든 그냥 체육복 입고 다닐래."

은율이가 단호하게 선언했다.

애들이 무리 지어 종인이를 둘러싼 곳에서 벗어났다. 중앙 현관으로 들어서려는데 갑자기 교장실 유리창이 깨지며 한 사람이 튀어나왔다. 교장실 앞 잔디밭에 나뒹구는 사람은 바로 교장이었다. 교장은 바닥에 쓰러져서 제대로 일어나지도 못하고 뒤뚱거렸다. 유리가 박힌 몸 곳곳에서 핏물이 배어났다.

"잡아!"

경찰들이 창문을 통해 밖으로 뛰어나왔다. 경찰들은 능숙하게 교장을 붙잡아 수갑을 채우려고 했다.

"으아아악!"

교장이 몸부림치자 경찰들이 모조리 튕겨 나갔다. 교장은 엉금엉
금 기어서 도망쳤다. 잔디밭을 벗어난 교장은 엉성하게 네 발로 걸으
며 중앙현관 쪽으로 왔다. 교장 목이 조금씩 길어지는 듯했다. 아니 실
제로 길어졌다. 바닥을 보던 얼굴이 정면을 향했다. 교장이 나를 발견
했다.

네 이놈들!

네놈들 때문에!

다 네놈들 때문에……!

내가 가진 모든 걸 빼앗겼어.

네놈들이 다!

교장이 울부짖는데 진짜 네발 달린 짐승 같았다. 몸집이 점점 부풀
어 올랐다.

우어어억~!

짐승처럼 울더니 교장이 뒷발을 굴렀다. 그것은 돌진 자세였다. 위
험했다. 나비를 불러일으키려 했지만 잘 되지 않았다. 밤새 김성팔에

게 힘을 소진하고, 잠도 제대로 못 잔 상태에서 종인이마저 잠재우려고 애쓴 탓이다. 머리가 멍했다. 몸도 굳어버렸다.

은율이가 나를 붙잡더니 돌진하는 교장을 피해서 옆으로 굴렀다. 애들이 무서워서 비명을 지르며 사방으로 도망쳤다. 교장은 몇몇 애들을 앞발로 잡아서 집어 던지고는 다시 나와 은율이를 노렸다.

교장이 뭐라고 말하는데 뜻을 알아들을 수가 없었다. 인간이 내는 소리가 아니었다.

"도망쳐야 해."

은율이가 내 손을 잡고 뛰었다. 교장이 쫓아왔다. 교장이 발을 디딜 때마다 땅이 울렸다. 우리는 경찰이 있는 방향으로 뛰었다. 경찰 두 명이 총을 뽑아 들었다. 실탄 총이 아니고 테이저건이었다. 경찰은 달려드는 교장을 향해 테이저건을 발사했다. 명중했지만 교장에게 아무런 영향을 끼치지 못했다. 돌진하는 교장을 피해서 경찰들도 도망쳤다.

은율이는 나를 떠밀더니 싸움 자세를 취했다.

"안 돼!"

다급하게 말렸다.

"너는 빨리 피해."

"저 괴물에게 너는 상대가 안 돼."

"나도 알아. 하지만 혼자면 다치지 않을 자신 있어."

맞는 말이었다. 은율이에게는 내가 걸림돌이었다. 은율이처럼 몸놀림이 날래면 교장을 제압하지는 못해도 충분히 피할 수는 있을 것이다. 내가 도망치는 동안 은율이는 일부러 교장을 도발하여 운동장 쪽으로 주의를 끌었다. 교장은 은율이를 향해 달려들었다. 엄청난 기세였다. 은율이는 아슬아슬하게 몸을 날려 피했다. 교장은 시간이 갈수록 점점 몸이 더 크게 부풀었다. 온몸이 털로 뒤덮였다. 눈이 튀어나오고 이빨이 자라났으며, 손은 앞발이라고 부르는 게 어울릴 정도로 뒤틀렸다. 아무리 은율이가 날렵해도 사람 몸집보다 몇 배는 더 크고, 빠르고 강한 공격력을 갖춘, 네발 달린 짐승을 계속 피하기는 힘들 것 같았다.

붉은 나비를 불러내야만 했다. 천천히 심호흡했다. 없는 기운이라도 쥐어짜야 할 때였다. 머리가 어지러웠다. 붉은 나비가 한두 마리씩 날아오르더니 점점 늘어났다. 그러나 날갯짓에 힘이 실리지 않았다.

짐승이 은율이에게 돌진했다. 은율이는 운동장을 뛰는 척하다가 관람석으로 몸을 틀며 굴렀고, 교장은 뛰던 관성을 이겨내지 못하고 운동장으로 나뒹굴었다.

짐승이 앞발을 치켜들더니 하늘을 향해 울부짖었다. 붉은 나비 떼가 짐승을 향해 날아갔다. 짐승이 붉은 나비를 향해 앞발을 휘저었다. 붉은 나비가 바람에 밀려났다. 몇몇 붉은 나비는 휘두르는 발에 부딪혀 사라졌다. 종인이와 달랐다. 짐승은 붉은 나비를 무력화할 힘이 있었다. 토미리스와 같은 능력이었다.

'설마! 저 짐승은 사냥꾼들이 은별이 누나를 이용해서 만든 것일까?'

아무래도 내 짐작이 맞는 듯했다. 그게 아니면 설명이 안 된다. 만약 내 추론이 맞는다면 싸워봐야 이기지 못한다. 도망쳐야 한다. 나는 얼른 붉은 나비를 날려서 은율이에게 보냈다. 붉은 나비가 은율이 이마에 붙자 내 생각을 전했다. 그러나 은율이가 짐승을 따돌리고 도망칠 기회를 잡기가 쉽지 않았다. 짐승은 은율이가 몸을 피할 때마다 높이 도약해서 은율이를 따라잡았다. 그럴 때마다 바닥이 움푹 파이고, 파편이 튀었다.

파편을 피해서 운동장으로 은율이가 몸을 피했다. 텅 빈 운동장은 은율이에게 절대 유리하지 않은 곳이었다. 괴물과 은율이 사이도 그리 멀지 않다. 괴물이 앞발을 높이 치켜들더니 은율이를 공격했다. 은율이가 공격을 피해서 몸을 날렸다. 다행히 은율이가 괴물 앞발에 맞지는 않았지만 기세에 휩쓸려 쓰러졌다.

괴물은 하늘을 향해 울부짖더니 쓰러진 은율이를 덮치려 했다. 이대로라면 은율이가, 은율이가……. 심장이 폭풍처럼 빠르게 뛰었다. 내가 김성팔을 그렇게 만들어서 이 모든 일이 벌어졌다. 김성팔과 공범임이 드러나 경찰이 체포하러 오자 교장이 폭주했다. 내 탓이다. 나 때문이다. 은율이가 죽으면…… 나는…….

"안 돼!"

가슴이 붉게 물들었다. 거대한 붉은 폭풍이 휘몰아쳤다. 운동장을 뒤덮은 폭풍이 괴물을 뒤덮었다. 폭풍이 괴물을 찢어버리려 할 때, 느닷없이 은빛 사슬이 나타나더니 괴물을 휘감았다. 사슬은 빛나는 뱀이 되더니 거대한 입으로 순식간에 괴물을 집어삼켰다.

괴물이 발버둥질 쳤지만 빛나는 뱀을 이겨내지는 못했다. 곧이어 뱀이 사라지고, 붉은 폭풍도 먼지만 남은 채 사라졌다. 은율이는 운동장 가운데에 쓰러져 있었다. 나는 먼지를 뚫고 정신없이 은율이에게 달려갔다. 조금 뒤 은율이는 옷을 툭툭 털면서 일어났다. 다친 데는 없었다.

은율이 옆에는 알몸이 된 교장이 쓰러져 있었다. 나는 교복 웃옷을 벗어서 교장 몸을 덮었다. 그때 종인이가 쓰러진 곳에서도 은빛 뱀이 나타났다가 사라졌다.

"이게 도대체 어찌 된 일이야?"

은율이가 내게 물었다.

"아무래도 단우 형을 만나러 가야겠어."

05

배고픈 사랑

공나빈 _ 『달빛소녀와 생명의 꽃』

그 사건이 벌어지고 한동안 학교에 나가지 않았다. 사냥꾼들이 학교로 찾아올지도 모른다는 걱정 때문이었다. 엄마는 여러모로 미심쩍어하면서도 체험학습 신청서를 내는 걸 허락했다. 유미와 강산이도 나처럼 학교에 나가지 않았다. 비밀을 털어놓아도 절대 누설하지 않을 친구인 보미에게, 혹시나 학교로 수상한 사람이 찾아오지 않는지 살펴달라고 부탁했다. 은석이에게도 사냥꾼의 움직임이 포착되면 알려달라고 했다. 다행히 며칠이 지나도 그들은 전혀 나타나지 않았다. 먼저 유미가 학교로 가서 분위기를 살폈고, 그다음 날에는 내가 나갔으며, 마지막으로 강산이까지 등교했다.

등교를 위해 당분간 강산이가 우리 집에서 지내기로 했다. 내가 먼저 엄마에게 상황을 설명했고, 강산이 엄마가 직접 부탁하자 엄마는 두말없이 허락했다. 마침 오빠 방이 비어 있어서 서로 큰 불편은 없었다. 주말에는 강산이 엄마와 같이 보내기 위해 단아 언니네 집으로 갔다. 등교할 때는 최대한 따로 떨어져서 같은 집에 머문다는 사실이 들통나지 않도록 조심했다. 강산이가 자기도 모르게 펼친 능력에 고통받은 애들도 모두 멀쩡하게 학교로 돌아왔다. 워낙 된통 당해서인지 다들 까불거리지도 않고, 다른 애들과 갈등을 일으키지도 않은 채 조용히 지냈다.

장혜영은 강산이가 등교한 다음 날 등교했다. 장혜영은 원래 전주혜, 황승예, 권은희와 어울려 다니는 사이였는데 웬일인지 그들과 잘 섞이지 못했다. 셋은 예전과 다름없이 친하게 지내는데 장혜영만 혼자 데면데면했다. 아무래도 장혜영과 그들 사이에 내가 모르는 어떤 갈등이 벌어진 듯했다. 장혜영은 내 눈치를 자꾸 살폈다. 안하무인으로 굴던 예전의 장혜영이 아니었다.

그다음 날, 장혜영이 예쁜 종이가방을 들고 나타났다. 종이가방 안에는 화려하고, 세련되게 포장한 선물이 들어 있었다. 장혜영은 전주혜에게 선물을 건넸다. 예상치 못한 선물을 받은 전주혜는 포장지를 뜯고는 화색이 돌았다. 언뜻 보기에도 꽤 비싼 화장품이었다. 이어서 황승예와 권은희도 선물을 받고는 전주혜처럼 좋아했다. 선물은 곧바로 효과를 발휘했다. 셋은 호들갑을 떨며 장혜영을 반겼고, 장혜영은 곧바로 무리에 섞였다.

조회가 끝나고 1교시 수업 준비를 하는데 장혜영이 나에게 다가왔다. 그러더니 불쑥 선물을 내밀었다. 포장지뿐 아니라 가볍게 두른 끈마저 고급스러운 선물이었다.

"이게 뭐야?"

나는 선뜻 받지 못하고 머뭇거렸다.

"뭐긴, 선물!"

장혜영이 내 가까이 선물을 들이밀었다.

"나한테 왜 줘?"

내가 선물을 받아야 할 이유가 없었다. 앞으로 장혜영과 가깝게 지내고 싶은 마음도 없었다.

"선물을 주는데 이유가 필요해?"

내 손은 선물을 향해 선뜻 움직이지 않았다.

장혜영 입꼬리가 씰룩였다.

"그냥 주는 거니까 받아."

장혜영은 선물을 책상에 내려놓더니 가버렸다.

강산이에게 눈으로 의견을 물었지만, 강산이는 선물을 힐끗 보기만 할 뿐 표정 하나 변하지 않았다. 나는 선물을 뜯지 않은 채 일단 책상 서랍에 넣었다.

쉬는 시간에 보미와 같이 밖으로 나갔다.

"어떻게 할 거야?"

보미가 물었다.

"내가 묻고 싶은 질문이야. 어떡하면 좋겠니?"

"뭔지 확인은 해봐야 하지 않을까?"

"뜯은 뒤에 돌려주면 그것도 웃기잖아."

"그렇다고 뜯지도 않고 돌려주면 선물을 준 사람한테 예의가 아니지."

"혜영이에게 예의를 차리고 싶은 마음은 없어."

"그렇다고 선물 때문에 갈등을 일으키고 싶어?"

그건 아니었다. 아무리 대화를 나눠도 보미와는 결론이 나지 않았다.

혜영이는 종종 나를 보면서 눈짓을 하거나 손을 흔들기도 했다. 그런 행동 하나하나가 부담스러웠다. 내가 선물을 돌려주지 않으니 장혜영은 내가 자신과 가깝게 지내겠다는 뜻을 밝힌 것으로 받아들인 듯했다.

점심시간에 유미에게 의견을 구했다.

"그냥 받아."

"이런 걸로 혜영이와 얽히기 싫어."

"선물 하나 받았다고 뭐가 달라지겠어?"

"네가 장혜영을 몰라서 그래. 걔가 얼마나 집요한데."

"그렇다고 못 받겠다고 돌려주면 더 틀어질 텐데."

"그러니까 고민이지."

유미와 상의해도 딜레마는 해결되지 않았다. 결국 돌려주지도 못하고, 뜯어보지도 못한 선물을 들고 집까지 오고 말았다. 강산이와 다시 상의했지만 아무런 도움이 되지 않았다. 밤늦게 퇴근한 엄마에게 선물을 보여주며 내 고민을 털어놓았다. 엄마도 선뜻 대답하지 못하더니 일단 선물을 뜯어보자고 했다.

"이건 너무 비싼데."

엄마는 선물을 열어보더니 연신 놀라워했다.

"학생이 줄 만한 선물이면 그냥 받고 넘어가도 되지만, 이렇게 지나치게 비싼 선물은 반드시 대가를 치러야 할 거야."

나도 엄마 의견에 동의했다. 이런 비싼 선물은 받을 이유가 없었다. 나중에 장혜영이 원하는 대가를 치르고 싶은 마음 역시 손톱만큼도 없었다.

"근데 뭐라고 하면서 돌려줘야 할까?"

"솔직히 말해. 부담스러워서 이런 선물은 못 받는다고."

"혜영이가 이상하게 받아들이면 어떡해? 걔가 성격이 장난이 아니거든."

"너한테 이런 선물을 주면서까지 환심을 사려는 걸 보면, 그런 걱정은 네가 아니라 혜영이가 해야 하지 않을까?"

"혜영이가 나한테 왜 환심을 사려고 해?"

"그거야 엄마는 모르지."

설마 장혜영이 아직도 나한테 그런 능력이 있다고 믿는 걸까? 만약 그렇다면 장혜영은 나를 두려워할 테니 혹시 모를 뒷일을 걱정하지 않아도 될 것이다. 나를 무서워한다면 나를 해코지할 가능성은 없기 때문이다. 나는 선물을 돌려주기로 마음먹었다.

다음 날 아침, 나는 다른 사람 눈을 피해서 장혜영에게 선물을 돌려주었다.

"마음은 고마운데, 솔직히 내가 받기에는 지나치게 비싸."

선물을 돌려받은 장혜영 손이 미세하게 떨렸다. 엄마 말이 맞았다. 선물을 돌려받은 장혜영이 심하게 내 눈치를 살폈다.

"너무 비쌌어? 그럼 조금 싼 걸로 줄까?"

비굴함까지 풍기는 말투였다. 예상치 못하게 주눅 든 장혜영을 보니 나도 모르게 안쓰러워졌다.

"아, 아니야. 난 그냥 선물을 주고받는 게 익숙하지 않아서⋯⋯. 난 내 친구들과도 선물을 잘 주고받지 않아."

나는 친구란 낱말을 슬쩍 강조했다.

"그래도 부담 없는 선물은 괜찮지 않아?"

장혜영은 어떡하든 내게 선물을 주려고 했다.

"네 마음은 이미 받았으니까 더는 선물로 고민하지 마."

나는 최대한 장혜영에게 상처 주지 않으려고 애썼다. 장혜영은 미심쩍어하면서도 내가 밝게 대하니 긴장이 풀어진 듯했다.

선물을 되돌려주고 나니 가슴 한편에 쌓인 찌꺼기가 내려간 듯 속이 시원했다.

보미, 유미와 같이 하교하는데 학교 앞 분식점에 장혜영이 친구들과 함께 떡볶이를 사 먹고 있었다. 옆에서 보니 장혜영은 호들갑을 떨면서 모든 계산을 혼자 다 했다. 자기가 계산한다는 걸 확실히 해두려는 의도를 대놓고 드러내는 것 같았다.

"혜영이, 좀 이상하지 않아?"

보미가 말했다.

"떡볶이 하나 사면서 저리 유난을 떨다니."

"생색내고 싶나 보지, 뭐."

유미는 아무렇지 않게 여겼다.

"어제 저녁에 학원 끝나고 오는데, 그때도 애들한테 비싼 아이스크림을 사면서 생색내고 있었어. 나빈이한테 선물을 준 것도 그렇고……. 아무리 봐도 이상해."

보미는 거듭 의문을 제기했다. 그렇지만 그 의문을 확인할 방법도, 그럴 의지도 우리에겐 없었다. 다만 떡볶이를 사면서 생색내는 장혜영의 목소리가 공허하다는 것만은 확실하게 느껴졌다.

모처럼 엄마가 일찍 퇴근했다. 엄마가 강산이와 함께 외식하자고 했다. 강산이와 지내는 게 좋기는 한데 음식 취향이 걸림돌이었다. 우리는 식성이 극과 극이다. 나는 고기가 없으면 밥을 안 먹는데, 강산이는 채식만 한다. 엄마가 강산이 취향을 고려해 채소를 많이 사 왔고, 강산이도 자기가 먹을 음식은 스스로 요리할 줄 알아서 다행이지만,

고기를 먹을 때마다 마음이 편치 않았다. 강산이는 학교 급식을 먹지 않고 도시락을 싸서 가져갔다. 나도 강산이가 마음 쓰이지만, 강산이도 내 눈치를 많이 봤다. 어쨌든 나는 주인이고, 자기는 손님이라 그럴 것이다. 이래저래 먹을 때마다 조금씩 스트레스가 쌓였다.

이런 상황에서 엄마가 강산이를 위해 채식 뷔페를 가자고 하니 무척 반가웠다. 채식 뷔페에 콩으로 만든 고기 요리도 있다고 하니 그 맛도 궁금했다. 강산이는 물 만난 고기처럼 좋아했다. 평소에는 음식을 먹으며 말이 없는 강산이가 수다를 떨 정도였다. 콩고기는 기대만큼은 아니지만 고기를 씹는 기분은 충분히 느낄 수 있었다. 무엇보다 강산이 눈치 안 보고 고기 맛을 즐기니 마음이 편안했다. 저녁 식사를 즐겁게 마치고 문구백화점으로 놀러 갔다. 오랜만에 곳곳을 돌아다니며 실컷 구경하고 신중하게 몇 가지 학용품도 골랐다. 필요한 게 있으면 사라고 했지만, 강산이는 연신 거절하며 아무것도 사지 않았다.

계산하려고 내려오다가 작은 인형들에 발길이 붙잡혔다.

"어쩜, 이렇게 예쁠까?"

이 인형을 고르면 저 인형이 끌리고, 저 인형을 고르면 다른 인형이 눈에 들어왔다.

"마음에 들면 그냥 다 사도 돼."

엄마는 편하게 말했지만 나는 엄마에게 부담주고 싶지 않았다. 가격이 만만치 않았고, 무엇보다 이것저것 사서 내 사랑을 분산시키는 게 싫었다. 마음에 드는 인형 하나에만 사랑을 온전히 쏟고 싶었다. 나는 신중하게 고르고 골라서 인형 하나를 선택했다. 엄마는 흐뭇하게 웃었고, 나는 인형을 소중하게 챙겼다.

"고마워, 엄마!"

나는 엄마 팔짱을 끼고 계산대로 갔고, 강산이는 조금 떨어져서 따라왔다.

계산을 기다리는 줄이 조금 길었다. 기다리다가 문득 강산이에게 주면 좋을 선물이 생각났다. 엄마에게 허락받고 얼른 진열대로 가서 물건을 챙겼다. 농사를 재미나게 배우고 꾸려나가는 학습 묶음이라 강산이에게 딱 어울렸다. 가격이 조금 셌지만 꼭 선물하고 싶었다. 다시 계산대로 서둘러 가는데 귀에 익은 음성이 들렸다.

"이게 얼마나 된다고. 사면 왜 안 되는데?"

장혜영이 전화 통화를 하는데, 얼핏 들어보니 통화 상대가 엄마 같았다.

"이 정도도 사면 안 돼? 또 사는 거 아니라고. …… 아이 씨, 엄만 맨날 그러잖아. …… 좀 내 맘대로 하게 내버려 두면 안 돼? 어차피 나 쓰라고 준 거잖아? …… 아, 짜증 나! …… 엄만 내가 또 아프면 좋겠어? 다 엄마 뜻대로만 하지 말고 내 뜻대로 하게 좀 내버려 두면 안 돼? …… 몇 번 말해야 알아! …… 아, 그러니까 이게 마지막이라니까. …… 알았어. …… 아, 알았다고. 끊어."

장혜영이 짜증 내며 전화를 끊었다. 조금 불쌍했다. 물건 하나 사는 데 엄마한테 저리 간섭받다니.

우리 엄마는 고기는 항상 넉넉하게 사 주지만 다른 건 아니었다. 내가 막내라 떼를 쓰면 원하는 걸 다 얻을 수 있지만 나도 웬만하면 참았다. 그래도 너무 갖고 싶으면 신중하게 생각한 후 엄마에게 말했고, 엄마는 내가 얼마나 고심했는지를 알기 때문에 군말 없이 사라고 했다. 작은 물건이지만 나는 엄마에게 듬뿍 사랑받는 기분이 들었다.

가끔 엄마가 안 된다고 할 때도 있는데, 그래도 거부당하는 기분이 든 적은 없다. 엄마는 반대하는 이유를 충분히 설명했고, 그 설명이 내 마음에 안 들어도 나름 타당하다는 걸 알기에 나는 기꺼이 받아들였다. 무엇보다 물건과 상관없이 엄마 아빠가 나를 얼마나 사랑하는지 아니까 부족함이나 결핍을 느껴본 적은 없었다. 강산이도 비슷하다. 가난하게 지냈고, 엄마 눈이 보이지 않아서 강산이를 마음껏 사랑해 주지 못했을 것이다. 그런데도 강산이는 엄마에게서 넉넉하게 사랑받았다고 느낀다. 일찍 돌아가셨지만 아빠한테도 사랑받을 만큼 받았다고 느끼고, 아빠를 무척 그리워하며 좋아한다.

장혜영은 그렇지 않았다. 물건을 사려고 엄마와 다투는 장혜영에게서 짙은 결핍이 느껴졌다. 아무리 비싼 물건으로도 채워지지 않을 결핍이었다. 어쩌면 장혜영은 친구들에게 비싼 물건을 선물로 주고, 군것질거리를 제공하면서 허전함을 채우고 있는지도 모르겠다. 어쩌면 강산이가 준 지독한 고통을 겪으면서 결핍을 강하게 자극받아 나타난 현상일 수도 있다.

내가 알기로 장혜영 집안은 꽤 잘산다. 우리 집은 잘사는 편은 아니지만 나는 결핍에 빠져본 적이 없다. 그 반면에 장혜영은 늘 풍족하게 지내면서도 결핍을 느낀다. 결핍감은 소유한 부와는 별 상관이 없는 걸까? 생각할수록 참 묘하다.

'이런, 늦었다!'

재빨리 뛰어서 계산대로 갔다. 아슬아슬하게 계산에 늦지 않았다. 엄마는 내가 골라온 물건을 곧바로 계산했다. 꽤 비쌌지만 따지지 않았다. 나는 인형을 소중하게 챙긴 뒤, 강산이에게 내가 고른 선물을 건넸다.

"이게 뭐야?"

강산이가 어정쩡하게 선물을 받았다.

"선물이야."

"이걸…… 왜?"

"요즘 농사지으러 못 가서 답답하잖아. 그걸 채울 수는 없겠지만 나름 괜찮겠다 싶어서."

강산이는 예상치 못한 선물에 놀라워했다.

엄마는 흐뭇하게 웃었다.

"엄마, 이 인형 참 예뻐."

나는 꼬마인형을 꼭 끌어안고 쓰다듬었다. 엄마는 내 머리를 쓰다듬었다. 엄마 손이 따스하고 부드러웠다. 나는 엄마와 팔짱을 꼭 끼었다. 엘리베이터 단추를 누르다 계산대 앞에 선 장혜영과 눈이 마주쳤다. 장혜영은 입술을 지그시 깨문 채 나를 노려보고 있었다.

강산이는 늦은 밤까지 내가 준 선물을 가지고 놀았다. 직접 농사짓지 못하는 답답함을 오랜만에 풀며 즐거워했다. 나는 인형을 가방에 매달았다. 파르스름한 인형이 초록 가방에 기대어 새초롬하게 굴었다. 쌀쌀맞게 시치미 떼는 모습이 귀여워서 이름을 '새침이'로 지었다.

"와! 귀여워."

아침에 만나자마자 유미와 보미는 예쁘다며 연신 칭찬했다.

"이름이 새침이야."

"잘 어울리네."

보미가 새침이를 손끝으로 건드리며 즐거워했다. 새침이 덕분에 웃음꽃을 교실까지 머금고 갔다.

교실에서는 장혜영이 친구들에게 비싼 필기구를 자랑하고 있었다. 어제 엄마와 심하게 다투고 산 그 필기구였다. 다른 친구들 손에도 또다시 선물이 들려 있었다. 교실로 들어오는 나와 눈이 마주치자 장혜영 목소리가 더 커졌다.

"엄마가 나한테 엄청 잘해줘. 심하게 아픈 뒤로 완전히 달라졌어."

어제 장혜영이 엄마와 전화로 다투던 장면이 떠올랐다. 누구나 겉으로 멋지게 보이고 싶은 욕망을 알기에 그러려니 했다.

"딸이 얼마나 소중한지 안 거지."

"우리 엄마도 내가 조금만 힘들어하면 숙제하란 잔소리도 안 해."

전주혜와 권은희가 맞장구치며 깔깔거렸다.

이미 등교한 강산이 옆에 앉으며 가방을 내려놓는데 뒷자리 미연이가 "와~" 하며 감탄했다.

"어쩜, 정말 예뻐!"

새침이를 칭찬하니 나도 기분이 좋았다.

"어제 새로 샀어."

"이 표정 봐. 어휴, 귀여워."

미연이가 손끝으로 새침이를 톡 건드리며 간드러지게 웃었다.

"얘가 좀 새침해."

"삐진 것 같기도 하네, 히히."

새침이를 사이에 두고 미연이와 즐겁게 노는데, 불쑥 불청객이 끼어들었다.

"그딴 싸구려 인형이 뭐라고…….."

장혜영이 싸늘하게 쏘아댔다.

미연이가 뭐라고 대꾸하려는 걸 얼른 말렸다. 장혜영에게 새침이가 보이지 않도록 가방도 돌렸다.

"너희가 애냐? 인형 갖고 놀게?"

아무래도 장혜영이 나를 두려워한다는 판단은 사실이 아닌 듯했다. 나를 두려워하면 이렇게 도발할 리 없었다. 그렇다고 장혜영과 말다툼을 벌이고 싶지는 않았다. 날 선 감정 뒤에 숨은 부러움이 잔뜩 느껴졌기 때문이다. 나는 못 들은 척하고 가방에서 책을 꺼내며 그 상황을 넘기려 했는데, 전혀 예상치 못한 일이 벌어졌다. 느닷없이 강산이가 혜영이에게 강렬한 한 방을 날린 것이다.

"엄마와 다퉈서 산 값비싼 물건을 자랑하고 싶어서 안달 난 네 꼴이나 돌아봐."

강산이도 장혜영이 엄마와 통화하는 소리를 들었던 모양이다. 강산이는 무덤덤하게 쏘아붙였는데 그게 더 무서웠다. 장혜영은 뭐라고 대꾸도 못 하고 얼굴만 시뻘겋게 달아올랐다.

"부러우면 부럽다고 해. 그런 식으로 시비 걸지 말고"

강산이가 쐐기를 박았다.

장혜영은 본전도 못 건지고 물러났다.

'너, 왜 그래?'

강산이에게 입모양으로 물었다. 강산이는 어깨만 으쓱하고는 여느 때와 다름없는 자세로 돌아갔다.

과학 실험을 하는데 장혜영과 같은 모둠이었다. 장혜영은 틈만 나면 내게 시비를 걸었다. 나는 일절 대응하지 않고 실험에만 열중했다. 실험 결과는 훌륭했고, 선생님에게 칭찬도 받았다.

"쌤, 같이 했는데 왜 나빈이만 칭찬해요?"

장혜영이 선생님에게 따지고 들었다.

장혜영은 마치 바늘을 위로 세운 압정처럼 날카로웠다. 선생님은 마지못해 장혜영을 칭찬하고 넘어갔다. 억지 칭찬에 장혜영이 입을 씰룩거렸다. 볼이 기묘하게 일그러지며 심하게 떨렸다. 입술 양 끝으로 섬광이 일었다가 사라졌다. 순식간이었지만 바로 옆이라 분명히 보았다. 불길한 앞날을 예고하는 예언 같았다.

실험을 마치고 곧바로 점심을 먹으러 갔다. 급식실과 가까워질수록 향긋한 불고기 냄새가 식욕을 자극했다. 장혜영 때문에 구겨졌던 기분이 고기 냄새에 활짝 펴졌다. 강산이한테 미안하지만 내 고기 사랑은 어쩔 수 없었다. 즐겁게 줄을 서서 기다렸다. 식판을 들고 고기를 배식하는 아주머니에게 다정하게 인사했다.

"나빈이구나!"

아주머니는 내게 고기를 듬뿍 담아주었다. 다른 애들보다 훨씬 많은 양이었다.

"많이 먹어."

"감사합니다."

넉넉한 고기에 만족하며 맑게 인사했다.

설레는 걸음으로 앉을 자리에 가는데, 뒤에서 또다시 장혜영이 날카롭게 대드는 소리가 들렸다.

"왜 나빈이만 많이 줘요?"

장혜영이 배식대 안으로 머리를 들이밀고 따졌다.

"지금 차별하세요?"

아주머니는 당황해서 어찌할 바를 몰랐다.

"빨리 더 줘요."

더 달라고 애교를 부리거나 조르는 애들은 있어도 장혜영처럼 따지는 애들은 이제껏 없었다. 아무래도 장혜영 정신에 문제가 생긴 게 확실했다.

"허, 나, 참!"

아주머니는 마지못해 고기를 더 퍼주었다.

장혜영은 그래도 만족하지 못하고 더 달라고 졸랐고, 아주머니는 어쩔 수 없이 달란 대로 주고 말았다. 장혜영은 고기가 산처럼 쌓인 식판을 들고 씩씩거리며 자리로 가서 앉았다. 그러더니 허겁지겁 고기를 입에 욱여넣었다. 마치 고기를 처음 먹어본 사람처럼 굴었다. 장혜영 때문에 흐트러지기는 했지만 좋은 친구들과 함께 풍성한 고기를 먹는 점심은 더할 나위 없는 기쁨이었다. 즐겁게 이야기를 나누며 맛있게 고기를 먹는데 장혜영이 앉은 자리에서 소란이 일었다. 소란은 점점 커지더니 비명으로 바뀌었고, 곧이어 대혼란으로 번졌다. 식판이 바닥으로 떨어지고, 의자가 넘어지고, 식탁이 부서졌다.

"저게 뭐야?"

보미가 벌떡 일어났다.

"윽! 징그러워."

놀란 유미는 넘어질 뻔했다.

"왜 그래?"

이유도 모르고 일어났다가 흉측한 모습을 보고 기겁했다.

분명히 장혜영인데 장혜영이 아니었다. 장혜영 입이 쭉 찢어지며 주변에 있는 음식을 모조리 집어삼켰다. 흡입기에 빨려 들어가듯이 음식이 입으로 들어갔고, 몸집이 점점 커졌다. 마치 지네처럼 몸통이 길어지고, 몸통에서 갈고리처럼 생긴 수많은 팔이 자라났다. 팔이 쭉 늘어지더니 곳곳에 놓인 음식을 집어서 입으로 가져갔고, 음식을 몸에 채울수록 몸이 올록볼록해졌다. 겁에 질린 애들은 비명을 지르며 출입문으로 빠져나가다 수없이 넘어지고 다쳤다. 어떤 애들은 급식실이 2층인데도 유리창을 열고 밖으로 뛰어내렸다.

나는 장혜영이 배식대를 덮치고 음식을 흡입할 때 급식실을 빠져나갔다. 건물 안에 머무는 것도 무서워서 모두 운동장으로 나갔다. 그러나 운동장도 안전하지 않았다. 급식실 유리창이 깨지며 괴물이 뛰어나왔기 때문이다. 괴물은 거대한 입을 크게 벌리고 갈고리처럼 생긴 수많은 팔을 휘저으며 지네처럼 기어서 우리에게 달려들었다. 아무래도 음식으로 허기를 다 채우지 못한 괴물이 사람까지 먹어 치우려는 듯했다.

괴물이 그리 빠르지는 않았지만, 워낙 많은 사람이 운동장에 몰려 있어서 도망치기가 쉽지 않았다. 수많은 애들이 갈고리 사정권에 들어갔다. 마구잡이로 갈고리를 휘두르며 애들을 붙잡으려던 괴물이 갑자기 방향을 틀더니 맹렬한 기세로 달려갔다. 워낙 빨라서 피할 겨를도 없었다. 곧이어 괴물 손에는 전주혜, 황승예, 권은희가 붙들렸다. 셋은 공포에 질려 비명을 지르지도 못했다.

줘도 줘도 허기진 괴물들!

괴물이 토해내는 음성은 수십 년 동안 비 한 방울 내리지 않은 사막에서 일어난 삭풍이, 모래를 잔뜩 움켜쥐고 쩍쩍 갈라진 바위를 모질게 때릴 때 나는 황량한 충돌음 같았다.

내가 그리 퍼줬는데도 늘 배고프다는 괴물들!

괴물은 셋을 점점 입 쪽으로 끌어당겼다.

너희가 내 배를 채워.
너희로 내 배를 채워.

괴물 입이 벌어지며 전주혜를 곧 집어삼키려고 했다. 전주혜는 이미 정신을 잃었는지 축 늘어져 있었다.
그러다 괴물이 우뚝 멈추더니 몸을 틀었다.

너구나.

괴물이 나를 봤다.

난 네가 싫어.

괴물이 천천히 나를 노리고 다가왔다.

난 엄마가 싫어.

주변에 있던 애들은 도망쳤지만 나는 주문에 걸린 듯 꼼짝도 할 수 없었다.

가난하면서 행복한 척하는 꼴이 싫어.

괴물 입에서 더러운 침이 뚝뚝 떨어졌다.

난 없는데 어디서 다 가진 척이야.

음식 썩은 내가 진동했다.

널 먹으면 나도 배고프지 않을 거야.

머리가 멍해졌다. 사물이 빙글빙글 돌았다. 갈고리가 뿌연 안개처럼 흐릿했다.

크아아아악~!

괴물이 고통스러운 굉음을 질렀다.

으으윽, 으아악, 아아아아악~!

정신이 번쩍 들었다. 다리에 힘이 들어갔다. 있는 힘껏 도망쳤다. 운동장을 벗어나서 나무 뒤로 몸을 숨기고서야 괴물 쪽을 봤다.

푸른 안개가 괴물을 휘감고 있었다. 괴물은 몸통을 뒤틀고 갈고리를 휘저으며 연신 괴성을 질렀다. 강산이가 괴물에게 신성력을 펼친 모양이었다. 괴물은 손에 쥐고 있던 전주혜, 황승예, 권은희를 놓쳤다. 푸른 안개는 점점 짙어지며 괴물을 옥죄었고, 괴물은 비틀거리며 운동장 귀퉁이 쪽으로 이동했다. 강산이가 건 신성력에 괴물이 걸려들었으니 괴물이 저 고통에서 벗어날 방법은 없었다. 조금 안심이 되었다.

어깨에 뭔지 모를 것이 닿았다. 흠칫 놀랐다.

"괜찮아?"

강산이였다. 가슴을 쓸어내렸다.

다시 괴물을 살폈다. 몸놀림이 눈에 띄게 줄었다. 갈고리를 땅에 딛고 서서히 움직였다. 여전히 신음을 내뱉기는 했지만 더는 몸부림치지 않았다.

"고통에 적응했나 봐."

내가 말했다.

"그러게. 통증을 최대치로 걸었는데."

강산이가 근심스럽게 괴물을 살폈다.

문득 예전에 강산이 능력에 걸려서 식당에서 구토하던 애들이 떠올랐다. 어쩌면 그게 해법인지도 모르겠다는 생각이 들었다.

"토하게 만들면 어떨까?"

내가 제안했다.

"토하게?"

"음식을 먹어서 괴물이 되고 몸집도 커졌잖아! 그러니까 토하면 원래대로 되돌아가지 않을까?"

"그럴듯하네."

강산이도 내 의견에 동의했다.

강산이가 괴물을 보며 정신을 집중했다. 푸른 안개가 느릿하게 돌더니 꿀렁꿀렁 퍼지며 괴물을 휘감았다. 괴물이 부르르 떨었다. 휴대전화 진동이 울릴 때보다 수십 배나 격렬한 떨림이었다.

으웩, 우웨웩!

괴물이 음식을 토했다.

한 번, 두 번 토할 때마다 몸집이 줄어들었다. 내 예측이 맞았다. 괴물의 몸집은 점점 작아져서 가장 거대했을 때에 비하면 절반 정도로 축소되었다.

싫어.

괴물이 몸을 위로 바짝 세웠다.

싫단 말이야!

하늘을 향해 입을 크게 벌렸다.

모조리 먹어 치울 거야.

모든 갈고리가 곧게 펴졌다. 괴성과 함께 갈고리가 날카로운 칼로 변했다. 괴물은 빙그르르 돌며 칼을 휘둘렀다. 괴물이 휘두른 칼에 맞은 나무들이 싹둑싹둑 잘려 나갔다. 굵은 나무가 저 정도면 사람은 어찌 될지 상상만 해도 끔찍했다.

괴물은 온몸에 힘을 주고 꼿꼿이 서더니 나와 강산이가 있는 곳으로 머리를 돌렸다. 투우사를 향해 달려들려고 작심한 황소 같았다.

"피해야 해!"

강산이가 내 손을 잡았다.

도망치려다 운동장을 봤는데 괴이한 현상이 또다시 벌어졌다.

"저게 뭐지?"

운동장 바닥에서 빛이 움직였다. 빛은 수십 마리 뱀이 바닥을 기듯이 운동장을 헤집고 다니더니 괴물 주위로 모여들었다. 뱀이 먹이를 조이듯 괴물을 휘감더니 머리가 점점 커졌다. 뱀에 붙잡힌 괴물은 꿈쩍도 못 했다. 거대한 뱀 머리가 크게 입을 벌리더니 괴물을 집어삼켰다. 괴물을 삼킨 빛은 요동치며 흔들리다가 어느 순간 훅 꺼지며 바닥으로 흩어졌다. 운동장에는 여전히 푸른빛이 감돌고, 바닥에는 장혜영이 쓰러져 있었다.

오후 수업은 취소였다. 모두 공포에 떨며 귀가했다. 집에 와서 정신을 수습하고 곧바로 단아 언니네로 갔다. 버스를 두 번 갈아탔고, 버스에서 내려서 20분을 더 걸어 들어갔다. 은율이와 은석이가 미리 와 있었다. 우리는 학교에서 벌어진 일을 설명했다. 그러자 은율이와 은석이도 학교에서 겪은 기괴한 사건을 들려주었다. 우리만 겪은 일이 아니라니 아무래도 은별 언니와 관련해서 걱정하던 일이 벌어지는 듯했다. 얼마 뒤에 민지 언니와 김현 아저씨가 왔다. 그리고 저녁 시간이 되자 루미 언니와 연화 언니가 왔고, 마지막으로 단아 언니와 단우 오빠, 그리고 유리 언니도 왔다. 은별 언니가 납치당한 뒤로 모두가 모인 건 처음이었다.

서로 겪은 일을 나누자 의견이 하나로 모였다. 은별 언니를 구해야만 했다. 다행히 단아 언니가 부적으로 은별 언니가 갇혀 있는 위치를 알아냈다고 했다. 은별 언니가 갇혀 있는 곳을 듣자 조금 허탈했다. 바로 강산이네 집 앞에 있는 아파트 공사 현장이었기 때문이다. 아무도 출입하지 않는 곳, 그 아파트 지하에 그들이 똬리를 틀고 음모를 꾸미고 있었다. 모두 힘을 합쳐 어떻게 하면 은별 언니를 구할지 의논하는데, 예상치 못한 손님이 방문했다. 몸 전체에서 은은히 황금빛이 났고, 어깨에는 뚱뚱한 노란 고양이 한 마리가 앉아 있었다. 숨이 멎을 듯 잘생긴 외모였다. 그동안 숱하게 말로만 듣던 '황련'이었다.

"참, 빨리도 오네."

황련을 보자마자 단아 언니가 투덜거렸다. 단아 언니 엄마도 황련에게 존칭을 썼지만, 단아 언니만은 반말을 썼다.

"그래도 애인을 구할 마음이 아예 없지는 않았나 봐?"

단아 언니는 엄마에게 눈총을 받으면서도 계속 빈정거렸다.

황련은 단아 언니가 뭐라고 하던 얇은 웃음으로 대응했다.

"네가 왔으니 계획이고 뭐고 안 세워도 되겠네."

단아 언니 말에 다들 안심이 되었다.

"신단수를 깨울 참성단(塹星壇)을 다 세웠다."

딱딱한 말투에 긴장감이 돌았다.

"약속한 때가 되었다."

황련은 연화 언니, 단우 오빠, 단아 언니, 은석이, 그리고 강산이와 일일이 눈빛을 교환했다.

"은별이부터 안 구해?"

단아 언니가 따졌다.

"나는 총가주와 약속했어. 내가 구하러 가봐야 총가주가 물러나라고 요구하면 들어줘야 해."

황련은 단아 언니한테는 편한 말씨를 썼다.

"지금 은별이가 납치됐는데 그깟 약속을 지키겠다는 거야?"

"난 약속을 깨지 못해. 나는 인간과 달라. 나는 그런 존재야."

인간과 다르다는 표현에서 기이한 분위기가 났다. 뭐라고 정확히 설명하진 못하겠지만 슬픔과 경멸이 뒤섞인 복잡한 감정이었다.

"그러게 왜 그때 그런 약속을 해? 신(神)이 그런 것도 예상 못 해?"

"단아야! 어디서 함부로 그런 말을 내뱉어!"

단아 엄마가 단아 언니를 매섭게 야단쳤다.

"칫! 내가 뭐 틀린 말 했나……."

단아 언니가 팔짱을 끼더니 얼굴을 창밖으로 돌렸다.

"단아 네 마음은 알아. 나도 가능하면 구하고 싶어. 그렇지만 은별이를 구하기에는 이미 늦었어."

단아 언니가 황련에게 시선을 돌렸다.

"그자가 깨어나고 있어. 지금 은별이를 구하러 갔다가는 구하기는 커녕 모두 은별이와 같은 신세가 되고 말 거야."

"네가 못 이겨? 힘을 아직 회복하지 못한 거야?"

"나는 그자가 느껴져. 그자는 강해, 현재 나보다 훨씬 더. 부활한 그자를 다시 잠재울 방법은 하나뿐이야."

"그럼 빨리 신단수를 깨워야겠네."

단아 언니가 벌떡 일어났다.

"다들 뭐 해? 은별이를 구하려면 신단수를 깨워야 한다잖아. 약속도 지켜야 하고.”

강산이가 일어났다. 은석이, 연화 언니, 단우 오빠도 자리에서 일어났다.

황련이 느릿하게 일어났다. 어깨에 앉아 있던 고양이가 스르륵 내려와 황련 품에 안겼다.

“혹시, 은별이를 찾고 싶다면…….”

고양이가 바닥으로 뛰어내렸다. 워낙 뚱뚱해서 떨어지는 마찰음이 제법 컸다.

“삼식이는 은별이와 오랫동안 가깝게 지내서 은별이가 어디 있는지 바로 알아. 혹시라도 토미리스와 마주치면 삼식이를 앞세워. 그러면 토미리스도 함부로 하지 못할 테니까.”

삼식이는 거실 한가운데에 앉아 열심히 털을 골랐다. 아무리 봐도 평범한 고양이었다. 저런 고양이가 그 무서운 여자조차 함부로 건드릴 수 없는 영물이라니 이해가 되지 않았다.

“삼식이가 뭐기에 그 무서운 여자조차 함부로 못 해요?”

내가 당돌하게 물었다.

황련은 나를 향해 신비한 표정을 짓더니 손을 천천히 들었다.

“파수꾼들은 나와 함께 신단수를 깨우러 간다.”

황련 손끝에서 황금빛이 은은하게 빛나더니 다섯 사람을 감쌌다. 빛이 점점 진해지면서 빛 외에는 아무것도 보이지 않았다. 진한 꽃향기를 남기며 빛은 허공으로 흩어졌고, 황련과 다섯 사람은 사라져 버렸다. 삼식이는 아무렇지 않게 털을 계속 골랐고, 삼식이 옆에는 화려하게 빛나는 노란 꽃이 놓여 있었다. 다들 그 꽃을 보며 잠시 조용히 있었다.

"이제 어떡하죠?"

침묵은 내가 깼다.

"우리끼리는 은별이를 구하지 못해. 단우한테 연락받고 잠시 그곳에 다녀왔는데, 얼핏 봐도 엄청난 전력이었어. 우리는 상대가 안 돼."

민지 언니가 그리 말하니 거대한 벽에 막힌 듯 절망스러웠다. 다시 말이 끊겼다. 털을 고르던 삼식이가 느릿한 걸음으로 사람들 사이를 돌아다녔다. 삼식이가 내 옆을 지나자 나도 모르게 삼식이를 쓰다듬었다. 삼식이는 갸르릉거리며 내 손길을 즐겼다.

"아까 그랬잖아요, 황련 오빠가. 은별 언니를 찾고 싶다면 삼식이가 도움이 될 거라고. 왜 그런 말을 했을까요? 어차피 우리 힘으로는 불가능한데……."

내 질문에 정확한 답변을 할 사람은 없었다.

"신단수가 얼마나 대단한지 모르지만, 만약에 부활한 그자가 힘에 밀려서 패배할 상황에 몰리면 은별 언니를 인질로 삼을지도 몰라요. 황련은 은별 언니를 특별하게 생각하는데 그것 때문에 제대로 못 싸우면 어떡하죠? 어쩌면 격렬한 싸움을 벌이는 도중에 은별 언니가……."

차마 그 뒷말은 하지 못했다. 생각하기 싫은 결말이었다.

삼식이가 몸에 힘을 주더니 몸을 흔들었다. 내 품을 벗어난 삼식이가 유리 언니에게로 갔다. 유리 언니는 얼굴이 굳은 채 삼식이를 쓰다듬었다. 삼식이는 내 앞에 있을 때와 달리 꼿꼿이 서서 유리를 정면으로 쳐다보았다. 마치 무슨 말을 하려는 듯했다.

　　"니야~오옹."

　　"그래, 알아."

　　"야아~~옹."

　　"내가 결심해야겠지."

　　유리 언니는 마치 삼식이 말을 알아듣는 것 같았다. 삼식이가 유리 언니 품으로 파고들었다. 유리 언니가 깊은 한숨을 내쉬더니 결심을 굳힌 듯 말을 꺼냈다.

　　"은별이를 구해야 해요."

　　"나도 알아."

　　민지 언니가 말했다.

　　"은별이는 저를 구했어요. 제가 「누」에게 잠식당해 괴물이 되어 갈 때 위험을 무릅쓰고 저를 구했어요. 이제는 제가 은별이를 구할 차례예요."

　　"마음은 알지만 방법이 없어."

　　"아니, 있어요."

　　유리 언니가 단호하게 말했다.

　　"그건 위험해. 더는 안 돼."

달빛소녀와 별의 약속

민지 언니가 격렬하게 반대했다.

"아뇨, 괜찮아요. 그리고 새로운 조력자를 끌어들이면 돼요."

"조력자라니?"

"일단 밖으로 나가요. 집 안에서는 어떤 일이 벌어질지 모르니."

유리 언니가 삼식이를 안고 일어서자 다들 따라나섰다.

마당으로 나간 유리 언니는 삼식이를 마당에 내려놓았다. 그러고는 조심스럽게 목에 손을 댔다.

"풀지 마!"

민지 언니가 또다시 강하게 제지했다.

"그래, 내 생각에도 풀지 않는 게 좋겠어."

듣고만 있던 단아 언니 엄마도 말렸다.

"걱정 마세요. 「누」를 깨우려는 건 아니니까."

"설마, 너?"

유리 언니는 고개를 끄덕이더니 목걸이를 풀었다. 목걸이가 풀리자마자 사악한 기운이 주변에서 스멀스멀 올라왔다. 불쾌하고 짜증 나고 무서운 기운이었다. 유리 언니는 목걸이를 손에 쥔 채 이를 악물고 버텼다. 어깨가 무거워지고 메스꺼움이 점점 속을 채웠다. 더는 버티기 힘든 한계점에 이르렀을 때였다.

"미련한 짓을 또다시 벌이는구나."

허공이 갈라지며 묵직한 육체가 나타났다.

엄청난 몸집에, 얼굴에 도깨비 탈을 쓴 사람이었다. 돌기가 수백 개나 달린 거대한 방망이가 유리 언니 얼굴을 겨누었다.

"약속을 지키지 않으면 처벌뿐이다."

방망이에 은은한 빛이 감돌았다.

"저를 죽이시면 「누」는 저한테서 풀려나요. 그걸 원하진 않으시겠죠?"

유리 언니가 뚝심 있게 대들었다.

"지금 나를 협박하는 것이냐?"

"협박이 아니라 협조를 부탁드리는 거예요."

"감히 나에게 명령하는 것이냐?"

기세가 살벌했다.

그러나 유리 언니는 조금도 주눅 들지 않았다.

"「뇌령」이 깨어나고 있어요."

"「뇌령」이? 그럴 리 없다. 그자는 봉인되었다."

단호한 부정이었다. 그렇지만 방망이는 이미 아래로 향하고 있었다. 유리 언니는 도시에서 벌어지는 일들과 사냥꾼들이 의도하는 바를 간략하게 설명했다.

"그래서 나를 부르려고 목걸이를 푼 것이냐?"

목소리가 온화하게 바뀌었다.

유리 언니는 고개를 끄덕이고는 목걸이를 다시 걸었다. 그와 동시에 울렁거리던 속이 가라앉았다.

"사냥꾼들 뜻이 그렇다면 엄청난 전력이 한데 모였을 것이다. 그런 전력이라면 내가 힘을 보태도 이길 가능성은 없다."

"저에겐 「누」가 있어요."

"좋지 않은 방법이다. 그놈은 「뇌령」 못지않게 위험하다."

"통제할 수 있어요."

"자신하지 마라. 수천 년 동안 아무도 「누」를 완벽히 제어하지 못했다. 너보다 훨씬 강한 영매조차 실패했다."

"전 달라요."

유리 언니는 단호하고 강했다.

"좋다. 「누」를 풀어놓는다고 치자. 네가 「누」에게 먹히지 않는다고 하더라도 「누」는 제멋대로 굴 텐데, 도대체 뭘 어떻게 하겠다는 것이냐?"

그때 민지 언니가 나섰다.

"도깨비님, 만약 「누」를 그들이 친 결계 안쪽에 풀어놓으면 어떨까요?"

민지 언니는 그 사람을 '도깨비'라고 불렀다. 도깨비라면 옛이야기에 나오는 괴물인데, 저 사람이 정말 그 도깨비일까? 그런데 민지 언니는 이미 도깨비와 아는 사이인 것처럼 굴었다.

"그렇군. 괜찮은 방법이다. 그렇지만 사냥꾼들이 잔뜩 경계할 텐데 어떻게 결계를 뚫고 들어가지? 무엇보다도 「누」를 오랫동안 풀어놓으면 위험해. 「달빛의 눈」을 지닌 그분을 빨리 찾기도 어렵고, 모시고 나올 방법도 마땅치 않아."

도깨비는 은별 언니를 '그분'이라고 불렀다. 마치 은별 언니가 윗사람이라도 되는 듯 말투도 아주 깍듯했다.

"일단 결계 안으로 들어가기만 하면 그리 어렵지 않다고 봐요. 제가 알기로 그들이 제단을 발동하고 유지하려면 엄청난 신성력이 필요해요. 적어도 최상급사냥꾼 열여섯 명, 어쩌면 그 이상이 필요할지도 몰라요. 그 정도면 중앙종단이 지닌 역량도 넘어서고, 각 가문이 지닌 전력 중 절반을 보내야 한다는 뜻이에요. 게다가 「뇌령」을 깨우려면 총가주가 제단을 제어할 수밖에 없죠.

사냥꾼 집단은 아홉 가문이 연합해서 만든 조직이에요. 수천 년 동안 한 조직으로 활동하면서 일체감이 생기기는 했지만, 여전히 각 가문은 독립해서 활동하는 영역이 있어요. 아무리 중요한 일이라도 각 가문 핵심 전력 중 절반 이상을 보내지는 않았을 테고, 그건 내부 방어를 하는 최상급사냥꾼은 없을 거라는 뜻이에요. 더구나 그들은 파수꾼이 두려워서 외부 경계에 막대한 전력을 쏟고 있어요. 따라서 결계 안으로 들어가기만 하면 내부를 흔드는 것은 그리 어렵지 않을 수 있죠."

"타당한 추론이다. 그렇지만 내부로 들어간다 해도 「달빛의 눈」을 지닌 그분을 찾는 게 쉽지 않을 텐데."

"우리에게는 은별이를 바로 찾을 수 있는 고양이가 있어요."

"고양이라고?"

도깨비는 그제야 유리 언니 앞에 앉아서 한가하게 털을 고르는 뚱뚱한 삼식이에게 눈길을 주었다. 삼식이를 뚫어지게 보던 도깨비가 얕은 신음을 내뱉었다.

"이런, 이런, 이런! 허허, 그렇군. 그렇게 된 거였어. 좋다. 좋은 계획이다. 저 고양이라면 안심한다."

"도깨비님은 결계에 구멍을 낼 수 있지 않나요?"

"이 〈제령여의곤〉이 뚫지 못할 결계는 없다."

도깨비가 방망이를 손으로 툭툭 쳤다.

"그럼, 결계 안으로 들어가서 유리가 〈신성의 목걸이〉를 벗어 「누」를 풀면 사냥꾼들은 대혼란에 빠질 거예요. 그곳은 오래된 공동묘지가 있던 자리인데, 전쟁 때 학살당한 시신을 암매장한 곳이기도 해요. 죽은 이들이 저주를 내려서 공사가 제대로 추진되지 않았다는 소문이 돌 정도죠."

"그렇다면 「누」가 막강한 힘을 발휘하겠네요?"

유리 언니가 물었다.

"그렇지. 제아무리 토미리스라고 하더라도 그곳에서는 「누」를 어쩌지 못할 거야. 「누」는 그런 곳에서는 막강하니까, 모든 걸 파괴할 수 있을 만큼."

민지 언니는 유리 언니 질문에 대답하고는 다시 설명을 이어 갔다.

"유리가 「누」를 풀어놓으면 유리는 그때부터 완전히 무방비 상태가 돼요. 그래서 한 사람이 옆에서 지켜야 해요. 그리고 은별이를 구하려면 삼식이와 함께 최소한 두 명은 결계 안으로 들어가는 게 좋아요.

혼자서는 아무래도 위험하니까. 그러니까 적어도 결계 안으로 들어갈 사람이 세 명은 필요해요. 저와 외삼촌이 들어간다고 하면 한 명이 더 필요한데……."

누가 들어갈지를 묻는 말이었다.

"나는 들어가지 못한다. 나는 「누」와 같은 공간에 머물 수 없다."

도깨비가 말했다.

"내가 들어가겠네."

그때까지 묵묵히 듣고만 있던 단아 언니 아빠가 나섰다.

"괜찮으시겠어요? 그들이 선생님 정체를 바로 알아차릴 텐데……."

"이미 총가주는 단아와 단우를 만나면서 내 존재를 알아챘네. 종단 내부를 손바닥 보듯 아는 이를 따져보면 나 말고 누구를 떠올리겠나? 어쩌면 마지막 싸움이 될지도 모르는데, 내가 나서야지."

"선생님이 나서신다면 안심이에요. 제가 유리 곁을 지킬 테니 두 분이 은별이를 구해오면 되겠네요."

그때 유리 언니가 다시 질문했다.

"혹시 「누」가 건물마저 가루로 만들면 어떡하죠? 예전에도 그랬잖아요."

"그때는 「누」가 폭주했기 때문이야. 만약에, 진짜 만약이야. 유리네가 「누」에게 완전히 먹히면 그때는 공사장 전체가 붕괴하겠지. 「누」가 폭주하면 그 아파트뿐 아니라 도시 전체가 파괴될 거야. 이 도시에 존재하는 모든 생명도 같이."

유리 언니 얼굴이 딱딱하게 굳었다.

"걱정 마. 그렇게 되지 않도록 내가 널 지킬 테니까."

민지 언니가 유리 언니를 안심시켰다.

"혹시 모르니 내가 생강이 도움을 받아서 외부 결계를 칠게. 그러면 가장 나쁜 쪽으로 흘러가더라도 도시가 큰 피해를 보는 비극은 생기지 않을 거야."

단아 언니 엄마가 말했다.

"교수님이 그래 주신다니 안심이 되네요."

"좋은 방법이야. 이제 남은 문제는, 도깨비님이 결계 근처까지 가는 방법이야. 싸우면서 접근할 수는 없잖아."

김현 아저씨가 말했다.

그것이 우리가 풀어야 할 마지막 퍼즐이었다. 사냥꾼들 몰래 결계까지 접근하기. 그럴싸한 방법이 없을까? 골똘히 고민하다가 강산이와 사냥꾼이 충돌했을 때가 떠올랐다. 강산이가 신성력을 발휘했을 때 사냥꾼들은 속절없이 당했다. 그들은 토미리스가 중심이 된 결계를 친 뒤에야 힘겹게 강산이의 신성력을 막아낼 수 있었다. 토미리스가 제단을 벗어날 수 없는 지금 만약 강산이가 다시 나타난다면? 아마 싸울 엄두도 내지 못한 채 방어태세만 취할 것이다. 그리되면 결계를 지키는 방어에 틈이 생길 게 분명하다. 그렇게 따져보니 결계까지 접근하는 방법은 의외로 간단할 듯했다.

"강산이의 신성력을 이용하면 어때요?"

내가 나섰다.

"강산이가 있다면 당연히 그러겠지만, 지금 여기에 없잖아."

"꼭 있어야 하나요? 있는 척하면 안 되나요?"

"그러네!"

김현 아저씨가 무릎을 탁 쳤다.

"사냥꾼들은 우리가 공격할지도 모른다는 두려움에 잔뜩 경계하고 있을 거야. 그럴 때 푸른 연기가 일렁이며 다가온다면, 분명히 두려워하면서 움츠러들 수밖에 없어. 더구나 밤중이면 명확히 구분되지 않으니 더더욱 효과가 좋지."

"외삼촌, 계획이 그럴듯하긴 하지만 그저 그런 연기에 속을 만큼 그들이 바보는 아니야. 연기만 피운다고 공격받는다고 믿겠어?"

민지 언니가 냉정하게 판단했다.

"그럼 이건 어때요. 제가 거기서 연기를 하는 거예요."

루미 언니가 말했다.

"그들이 저는 전혀 모르잖아요. 제가 만났던 사냥꾼들은 다 죽었거든요. 그러니까 제가 지나가는 학생인 척하다가 쓰러지면서 연기하면, 속지 않을까요?"

다들 좋은 방법이라고 동의했다.

"저도 도울게요."

강산이 엄마였다.

"그럴 것까지는……."

민지 언니가 말렸다.

"그 동네는 제가 누구보다 익숙해요. 그리고 루미 학생 혼자 연기하는 것보다 제가 있으면 더 낫지 않겠어요? 어쨌든 그들은 저란 사람을 모르니까요."

설득력이 있었다.

"그러면 붉은 나비도 나타나게 해야겠네요."

은율이가 말했다.

"먼 하늘에서 붉은 나비가 나타나면 그들은 은석이가 공격하는 줄 알 거예요."

"푸른 안개와 붉은 나비가 동시에 나타나면, 더 믿게 될 건 확실해."

민지 언니와 김현 아저씨가 함께 맞장구를 쳤다.

"제가 붉은 나비와 붉은박쥐들에게 부탁해 볼게요. 가까이 접근하면 들키겠지만 먼 데서 위협하는 척만 하면 아마 어느 정도는 속을 거예요."

은율이가 말했다.

"그리 길게는 속이지 못할 것이다. 최대한 빨리 구해서 나와야 한다. 「달빛의 눈」을 지닌 그분을 구해서 나오면 내가 밖에서 다시 결계에 구멍을 내겠다."

도깨비의 말을 끝으로 작전은 다 세워졌다.

우리는 곧바로 계획대로 움직였다. 엄마에게는 강산이 엄마를 만나러 왔다고 전화했다. 모든 준비를 마치고 다시 강산이가 살던 동네로 이동하는데 긴장이 되기는커녕 가슴이 설렜다. 내가 위험을 향해 뛰어드는 모험가가 된 듯했다.

06
별의 약속

고은별

몸에 힘이 없다. 내 몸이 내 몸이 아니다. 빛에 시달리고 돌아오면 손 하나 까딱할 힘이 없다. 시간이 어떻게 흐르는지도 모른다. 앞뒤가 뒤바뀌고 흐름이 뒤죽박죽이다. 과거와 현재와 미래가 한 점으로 압축된다. 나도 없고 세상도 없다. 돔에 갇혀 빛을 얻어맞을 때마다 나는 점점 사라지는데 의식만은 점점 뚜렷해진다. 공간과 시간에 얽매이지 않는 의식이다. 의식이 몸을 떠나 존재할 수 있는 걸까? 의식은 두뇌가 만든 전기신호가 아니었던가? 내 의식은 도대체 어느 곳, 어느 때에서 흐르는 걸까? 내가 점점 미쳐가는 걸까? 그러나 방으로 돌아올 때마다 감각은 점점 더 날카롭게 날이 선다. 감각이 예민해지면서 시간이 갈수록 더 먼 곳까지 감각 안으로 들어온다. 내가 머문 공간 전체가 마치 눈앞에 펼쳐진 실물처럼 인식된다. 그러나 감각은 결계를 벗어나지 못한다. 결계 안에서는 모든 움직임과 소리, 냄새와 촉감까지 생생하지만 아무리 애를 써도 결계 밖으로 밀고 나가지는 못한다. 그러다 빛에 휩싸일 때면 사슬망을 따라 감각이 밖으로 빠져나간다. 짧은 순간이지만 도시 전체가 마치 손금처럼 훤히 보인다.

"시간이 됐다."

문이 열렸다.

늘 똑같은 음성, 똑같은 사람, 똑같은 몸놀림이었다. 내게는 저항할 힘이 없었다.

"조금 쉬면 안 되나요? 저, 지쳤어요. 더는 못 버티겠어요."

항의는 받아들여지지 않았다. 명령을 따라야만 하는 부하에게 말해 봐야 받아들일 리 없는 하소연이었다. 한 걸음 한 걸음을 간신히 내디뎠다. 재촉받았지만 육체는 이미 한계점이었다. 어쩌면 다시는 걸어 나오지 못할 것 같다는 예감이 들었다. 멀리 승강기 문이 보였다. 거친 호흡을 내쉬고 힘을 쥐어짜는데 '파지직' 하는 파공음이 들렸다. 감각이 빠르게 뻗어나갔다. 감각이 결계를 벗어났다. 주변 공간 전체가 신경계로 들어오고, 결계를 지키는 사냥꾼들 숫자가 모조리 파악되었다.

"오랜만이네요."

토미리스다.

"총가주도 오랜만이오."

단아 아빠다.

"제가 일곱 살 때였으니까요."

"강해지셨군요, 전대 그 어떤 총가주보다."

"다 당신이 잘 가르친 덕분이지요."

"꼭 끝까지 가야겠소?"

"오래된 꿈이니까요."

"「뇌령」은 위험한 존재요."

"선조들이 바라던 꿈이랍니다."

"어릴 때나 지금이나 고집은 여전하오."

"날 이겨낼 수 있겠습니까?"

"아마 10분은 버티지 않겠소."

"아무리 옛날 스승님이지만 봐주지 않겠습니다. 총가주로서 배신
자를 처단하겠습니다."

"누가 진정한 충신이고 배신자인지는 시간이 흐르면 드러나겠지요."

토미리스 눈에서 초록빛과 푸른빛이 번쩍이고, 손에서 보라색 실
선이 수없이 뻗어 나왔다. 단우 아빠는 등에서 칼을 뽑아 쏟아지는 실
선을 모조리 튕겨냈다. 그와 같은 시간, 조금 떨어진 곳에서는 도깨비
와 사냥꾼들이 싸움을 벌였다. 도깨비는 방망이를 휘두르며 사냥꾼들

에게 맞섰다. 사냥꾼 숫자가 많았지만 도깨비는 조금도 밀리지 않았다. 다른 사람들이 어디 있는지 찾으려는데 결계가 갑자기 닫히면서 감각도 결계 안으로 다시 갇혔다.

유리와 은율이, 루미와 나빈이가 결계 안에 들어와 있었다. 나를 구하러 왔다면 민지 언니나 김현 아저씨가 보여야 하는데 두 분은 없었다.

냐아오옹.

삼식이도 결계 안에 있었다.

'안녕, 삼식아! 나 여기 있어.'

반가움에 인사를 전하는데 사냥꾼이 나를 거칠게 잡아끌었다.

손목을 비틀어서 잡힌 팔을 빼냈다. 사냥꾼이 어처구니없어하더니 다시 내 손목을 낚아챘다. 벗어나려 했지만 내 힘으로는 역부족이었다. 손목을 붙잡힌 채 질질 끌려가는데 벽이 흐물거리더니 이내 흐릿해졌다. 사냥꾼이 당황하면서 칼을 빼 들었다. 사물이 점점 흐릿해지고 바닥이 꿈틀거리더니 형상이 나타났다. 하얀 몸에 붉은 얼굴을 한 홍백귀(洪白鬼)였다. 유리가 「누」에게 영혼이 잠식당하며 폭주했을 때 나타났던 바로 그 홍백귀들이었다.

사냥꾼이 칼을 휘둘렀지만 홍백귀들에겐 아무런 타격을 입히지 못했다. 홍백귀 수가 점점 늘어나며 복도에 핏빛이 감돌았다. 사냥꾼은 나를 번쩍 들더니 승강기 쪽으로 내달렸다. 승강기 문이 천천히 열리는데 홍백귀가 벌떼처럼 몰려들었다. 사냥꾼은 나를 승강기 안으로 밀어 넣고 밖에서 홍백귀를 향해 칼을 휘둘렀다. 문이 닫힘과 동시에 사냥꾼이 내지르는 비명이 들렸다. 느리게 올라가던 승강기가 중간에 멈췄다. 각 원 안에는 가면을 쓴 사냥꾼들이 한 명씩 서 있었다.

"무슨 일인가?"

여우 탈을 쓴 사냥꾼이 물었다.

"결계 안으로 침입자가 들어왔습니다."

김효민이 말했다.

"이건 단순한 침입자가 아니다. 그물망 전체가 흔들리고 있어."

"계획대로 진행합니다."

위에서 김효민이 내 옆으로 내려왔다. 김효민은 손을 승강기 바닥에 댔다. 손바닥에서 초록빛이 퍼지더니 승강기가 위로 서서히 움직였다. 바닥과 일치될 만큼 승강기가 올라오자 김효민이 다시 위로 사라졌다.

"마지막입니다. 마지막 단 한 번이면 됩니다."

사냥꾼들은 주문을 외우며 〈팔뉴개문경〉와 〈팔문수호검〉을 정해진 동작에 맞춰 움직였다. 곧이어 빛이 퍼지며 방이 환해졌고, 또다시 의식은 환상 속으로 서서히 빠져들었다. 시간이 멈추고 공간이 사라졌다. 의식이 허공을 떠돌았다.

쿠쿠쿵---!

시간과 공간이 벌어졌다. 현실이 깨어나고, 공간이 열렸다.

바닥이 지진이라도 난 듯 흔들렸다. 방을 채우던 빛이 급격히 사그라졌고, 의식은 다시 현실로 돌아왔다.

"결계 안에 사악한 영이 들어왔다. 그 애를 찾아라! 빨리!"

김효민이 다급하게 명령했다.

"어떤 영(靈)이기에 이리 혼란스러운가? 우리가 누군데 감히 잡스러운 영 따위에 흔들린단 말인가? 설마 「누」라도 들어왔다는 말인가?"

다시 여우 탈을 쓴 사냥꾼이 물었다.

"맞습니다. 「누」입니다. 전에 총가주님과 한 번 충돌했는데 대단히 강했습니다. 지금은 그때보다 더 강합니다."

김효민이 대답했다.

"「누」가 들어왔는데 이대로 그물망을 가동하면 위험하지 않은가?"

"그물망은 「누」도 어찌하지 못합니다."

"그걸 어찌 장담하는가?"

"「뇌령」을 깨우면 모든 게 끝납니다. 그물망을 다시 발동하겠습니다."

김효민이 강하게 말하자, 사냥꾼들은 미심쩍어하면서도 다시 주문을 외우며 〈팔뉴개문경〉과 〈팔문수호검〉을 정해진 동작에 맞춰 움직였다. 빛이 퍼지며 의식이 다시 환상 속으로 떨어졌다. 공간과 시간이 다시 사라졌다. 의식만 공허를 떠돌았다.

그런데 전과는 달랐다. 시간과 공간이 사라진 것은 같았지만 낯선 기운이 느껴졌다. 미약하게 감각을 건드리던 기운이 점점 강해졌다. 낯선 기운이 점점 익숙한 감각으로 변했다. 삶을 버텨내지 못하고 손목을 그었을 때 느꼈던 바로 그 감각이었다.

내가 너에게 왔다.

당신은 누구죠?

너는 나를 잘 안다. 나도 너를 잘 안다.

나는 당신을 몰라요.

너만큼 나를 잘 아는 이는 없다.

도대체 누구세요?

너는 나를 깨웠고, 지금 여기 있게 했다.

저는 그런 적이 없어요.

나는 언제나 너와 함께 있었다.

혹시, 당신이 「뇌령」인가요?

이름은 중요하지 않다. 네가 지금 여기 있게 했다는 사실이 중요하다.

제가 깨우지 않았어요. 사냥꾼들이 당신을 깨웠어요.

아니다. 그들은 나를 깨우지 못한다. 네가 원했기에 나는 깨어났다.

거짓말이에요. 전 당신이 깨어나길 원하지 않아요.

너는 거짓말을 본다. 내가 거짓말하지 않는다는 사실을 안다. 너는 원했다.

전 당신을 원하지 않아요. 전 당신이 다시 잠들기를 원해요.

거짓말이다. 너는 누구보다 나를 간절히 원하고, 나는 네 부름에 응답했다.

부르지 않았으니 응답하지 마세요.

나는 네가 원하는 대로 할 것이다.

몇 번을 말해요. 전 당신이 사라지길 원해요.

넌 이 세상이 파괴되길 원한다.

말도 안 돼요.

나는 네가 바라는 대로 한다.

사라지라고 말했잖아요.

진짜 너는 겉이 아니라 속이다. 겉사람이 아니라 속사람이 참된 너다. 겉사람인 너는 거짓말을 해도 속사람인 너는 나와 같은 생각을 한다. 네 뜻이 곧 내 뜻이다.

도대체 참된 제가 뭘 원하는데요?

이미 말했다. 너는 파멸을 원한다. 새로운 세상은 낡은 세상 위에 세우지 못한다. 나는 네 뜻을 이룰 것이다.

토미리스가 그랬어요. 당신을 통제하고 이용할 거라고. 당신은 이 진을 벗어나지 못한다고. 당신이 세상을 파괴하고 싶어도 사냥꾼들이 허락하지 않을 거예요. 사냥꾼들은 지금 세상을 그대로 둔 채 지배하길 원하거든요.

팔문진뿐 아니라 그들이 사용하는 거울과 검도 모두 내가 만들었다. 내 힘으로 빚은 창조물로 나를 통제하겠다니 어리석은 욕심이다.

당신은 사악한 존재가 아니었나요? 사람이 악하다면 당신에게 좋지 않나요?

나는 악이 아니다.

당신도 악이 싫어진 건가요?

너는 눈을 떴다. 그런데도 여전히 내가 누구인지 모르는구나.

눈에 힘을 주었다.

아무것도 보이지 않았다.

그저 까마득한 어둠뿐이었다.

나까지도 소멸시킬 건가요?

이미 말했다. 네 뜻이 곧 내 뜻이다.

제 뜻은 분명해요. 전 지금이 좋아요. 제 친구들과 동생들이 좋아요. 그들이 사라지길 원치 않아요.

가짜가 만들어낸 허상이다. 네 본성은 파멸을 원한다.

당신은 절 몰라요.

나는 곧 너다.

저는 자고 싶어요. 그러니까 당신도 다시 잠드세요.

나는⋯⋯.

「뇌령」이 뭐라고 말하려는데 공간과 시간이 뒤틀렸다. 돔 천장이 보이고 사냥꾼들이 보였다. 돔 천장에서는 빛 회오리가 맹렬하게 돌고 있었다. 바닥이 흔들리더니 밑으로 꺼졌다.

"어찌 된 일이냐?"

김효민과 사냥꾼들이 다급하게 외쳤지만 내가 밑으로 내려가는 걸 막지는 못했다. 승강기가 다 내려가자 문이 열렸다.

냐옹아옹!

"삼식아!"

삼식이가 내 품으로 뛰어올랐다.

"언니!"

루미가 나를 맞이했다. 은율이는 목검을 들고, 달려드는 홍백귀와 싸우고 있었다. 홍백귀들은 목검을 두려워하며 섣불리 다가오지 못했다. 목검에는 홍백귀들이 두려워하는 신성한 힘이 깃들어 있었다.

"머뭇거릴 시간이 없어요. 더 있다가는 유리 언니가 위험해요."

삼식이가 몸을 비틀더니 바닥으로 내려갔다.

삼식이가 '캬악-' 하며 앞발을 치켜들자 홍백귀들이 뒤로 물러났다. 걸으려고 했지만 다리에 힘이 풀려서 한 걸음도 내딛기 어려웠다. 은율이가 목검을 루미에게 건네더니 나를 들쳐 업었다. 삼식이가 앞장서고 은율이가 나를 업고 루미가 목검으로 뒤를 지키며 복도를 뛰었다. 삼식이는 거침없이 달려갔고, 얼마 지나지 않아 유리와 나빈이가 있는 데까지 왔다.

유리는 벽에 기댄 채 식식거리며 숨을 몰아쉬고 있었다. 얼굴이 백지장처럼 하얗고, 눈동자에는 초점이 없었다.

"이제 그만해도 돼."

내가 말했지만 유리는 가쁜 숨을 내쉴 뿐 고갯짓조차 하지 못했다. 스스로 자기 몸을 통제할 힘조차 잃어버린 듯했다.

"유리 언니가 위험해 보여서 목걸이를 걸려고 했는데, 목걸이에 손을 대면 불에 댄 듯이 아파서 손도 못 댔어요. 위험하면 목걸이를 걸라고 했는데……."

나빈이 눈에 눈물이 주렁주렁 매달렸다.

그러고 보니 유리가 늘 차고 다니던 팔찌가 없었다. 유리 손에 놓인 목걸이를 봤다. 처음 보는 목걸이인데 낯설지 않았다. 나는 목걸이를 잡았다. 불이 일었다. 지독한 통증이지만, 아주 익숙했다. 유리에게 목걸이를 걸었다. 괴이한 소음이 들리며 주변을 채우던 안개가 서서히 걷혔다.

"은율아, 유리를 업어."

"언니는 괜찮아요? 걸을 수 있겠어요?"

"이제 괜찮아."

은율이가 유리를 업었다. 나빈이는 유리 손을 꼭 붙잡고 여전히 눈물을 글썽였다. 유리의 상태가 좋아 보이지 않았다. 만약 「누」가 다시 유리를 완전히 장악했다면, 회복 불가능한 타격을 입었을지도 모른다.

"삼식아! 넌 어디로 빠져나가야 하는지 알지?"

삼식이는 내 말이 끝나자마자 빠르게 움직였다. 우리는 삼식이 뒤를 따랐고, 곧이어 지하공간을 벗어났다. 공사 현장을 주변과 분리하기 위해 쳐 놓은 회색 가벽에 다가가자 공기가 무거워졌다. 손을 앞으로 뻗지 못할 만큼 묵직한 결계였다. 한 발짝도 앞으로 나갈 수 없었다.

"이제 어떡하죠?"

루미가 물었다.

"원래 계획은 뭐였어?"

내가 반문했다.

"단아 언니 아빠랑 민지 언니, 김현 아저씨가 결계 안으로 들어오는 거였어요. 그리고 밖에서 도깨비님이 결계를 깨뜨려 주기로 했죠."

루미가 대답했다.

"예상치 못하게 토미리스가 나타나는 바람에 모든 게 뒤죽박죽이 되고 말았어요."

은율이가 덧붙였다.

"토미리스가 밖을 지키리라곤 예상하지 못했구나."

나는 손을 흔들어 결계를 만졌다. 아무것도 없는 허공인데 심해 속에서 손을 휘젓는 기분이었다. 우리로서는 어쩔 방법이 없었다. 유리는 점점 상태가 나빠졌다. 이대로 가다가는 마지막 저항선이 무너지면서 영혼이 「누」에게 완전히 잠식당할지도 모른다.

냐아오오옹.

삼식이가 내 다리를 비볐다.

"손을 대라고?"

영문도 모른 채 삼식이 입 앞에 손을 댔다. 삼식이가 몸을 씰룩거리더니 엄지손톱만 한 털을 뱉어냈다.

'이게 뭐지?'

털 뭉치 속에 반짝거리는 작은 보석이 있었다.

냐아아아아옹.

"알았어. 잘 보관할게."

삼식이가 몸을 쭉 늘이더니 고개를 뒤로 젖혔다.

캬르릉----.

삼식이가 강한 보랏빛 바람을 내뱉었다. 보랏빛 바람은 결계를 뚫
고 쭉 뻗어나갔다. 삼식이는 너무나 간단히 결계에 구멍을 냈다. 이 정
도 결계 따위는 아무것도 아니란 듯이.

"빨리 나가자."

우리는 재빨리 구멍을 통해 결계를 빠져나갔다. 삼식이가 마지막
으로 나오자 결계 구멍은 다시 닫혔다.

냐옹.

"알았어. 그나저나 이게 어찌 된 일인지 나중에 너한테 꼭 들어야
겠어."

니야아옹.

나는 손에 든 보석을 삼식이 입 앞에 내밀었다. 보석을 삼키려던 삼식이가 갑자기 '캭!' 하고 튀어 올랐다. 허공에서 충돌음이 일었다. 삼식이가 내 옆으로 뛰어내렸다.

"이런, 이런! 빠져나왔네."

토미리스였다.

토미리스가 나타났다면 단우 아빠에게 좋지 않은 일이 생겼다는 의미였다. 감각을 확장했다. 한순간에 주변을 확인했다. 단우 아빠도, 민지 언니도, 김현 아저씨도 느껴지지 않았다.

"이제 다시 들어가서 하던 일을 마저 해야지?"

토미리스 손에서 수십 가닥이나 되는 투명한 선이 뻗어 나와 우리를 묶으려고 했다.

캬아악!

삼식이가 튀어 올라 선들을 튕겨냈다.

"네가 그 고양이구나. 미물 주제에!"

토미리스가 맹렬하게 손을 휘둘렀지만 삼식이는 어렵지 않게 모든 공격을 막아냈다. 튕겨 나간 보라색 선이 마구 뒤틀리면서 토미리스가 점점 뒤로 밀려났다.

"이런 어처구니없는 일이……. 도대체 이런 미물 따위가……."

토미리스 두 눈이 초록과 푸른빛으로 강렬하게 타올랐다. 삼식이를 노려보던 토미리스 얼굴빛이 바뀌었다.

"이런, 내가 미처 당신을 몰라봤군요."

토미리스가 미간을 찌푸렸다.

삼식이가 꼬리를 치켜들고 토미리스를 올려보았다. 기운과 기운이 팽팽하게 맞섰다.

"아무리 당신이라지만 마지막 기회를 이대로 놓칠 수는 없습니다. 제가 지은 죄는 나중에 선조들께 달게 받겠습니다."

토미리스가 두 손을 위로 뻗었다. 가느다란 보랏빛 실들이 회오리를 일으키며 뭉쳤다. 똬리를 틀며 긴 칼이 나타났다. 그 어떤 신성체라도 무너뜨릴 수 있는 무기, 바로 〈이라두의 발톱〉이었다.

〈이라두의 발톱〉에서 보랏빛 서광이 뻗어 나왔다. 삼식이가 털을 바짝 세웠다. 털끝에서 은은한 안개가 피어나며 보랏빛에 맞섰다. 빛과 안개가 허공에서 충돌했다. 잠시 팽팽했지만 균형추는 곧바로 무너졌다. 안개가 흩어지며 삼식이가 멀리 튕겨 나갔다.

"삼식아!"

삼식이를 챙기려 했지만 손끝 하나 움직일 수 없었다.

스르륵!

보랏빛 선이 허공을 가르더니 나를 옭아맸다. 다른 애들도 모조리 묶였다. 몸이 하늘로 두둥실 떠올랐다.

"더는 「뇌령」을 깨우면 안 돼요."

내가 말했다.

토미리스는 대꾸 없이 결계 안으로 걸어갔다.

"「뇌령」을 만났어요."

토미리스가 우뚝 멈췄다.

"「뇌령」은 세상을 파멸시키려 해요."

"그 말을 믿으라는 거냐? 설혹 그 말이 사실이라 해도 「뇌령」은 팔문진을 벗어나지 못해."

"뇌령은 〈팔뉴개문경〉과 〈팔문수호검〉뿐 아니라 팔문진도 자신이 만들었다고 했어요. 그래서 팔문진 따위는 아무 문제가 안 된다고."

"그럴 리 없다. 팔문진은 우리 조상들이 신성체를 포획하기 위해 만들었다."

"「뇌령」이 분명히 저에게 말했어요."

"속이려면 좀 더 그럴듯한 말을 해."

"거짓말이 아니에요."

토미리스가 왼손을 뻗자 결계가 벌어졌다.

내가 무슨 말을 더하려고 하자 보랏빛 선이 내 입을 막아버렸다. 결계를 막 통과하려는데 또다시 강력한 진동이 느껴졌다. 어둠이었지만 주변 공기가 흔들리는 게 보일 정도였다.

"결계가 무너지다니……."

마른 밤하늘에 번개가 쳤다. 아니 하늘에서 치는 번개가 아니었다. 땅에서 위로 치솟는 번개였다. 귀가 먹먹해질 만큼 엄청난 천둥이 밤하늘을 두드렸다. 번개는 하늘을 찢으며 퍼져나갔고, 천둥은 모든 소리를 집어삼켰으며, 밤을 밝히던 모든 빛이 부서졌다.

"「뇌령」이다!"

토미리스가 하늘을 올려봤다.

"드디어, 드디어 깨어났어."

토미리스는 감격해하며 소리를 질렀다. 그러나 그 외침은 천둥에
묻혀 잘 들리지 않았다.

파지직 쾅---!

강력한 번개가 바로 옆에서 터졌고, 우리는 바닥으로 나뒹굴었다.

달빛소녀여, 나에게 오라!

너는 나와 함께 내 계획을 지켜보아야 한다.

네가 원했던 파멸이 어떻게 이루어지는지 지켜보라!

천둥을 뚫고 뚜렷하게 「뇌령」이 부르는 소리가 들렸다.

토미리스 얼굴이 심하게 일그러졌다.

"제가 그랬죠. 「뇌령」은 파멸을 원한다고. 당신들이 절대 통제하지
못한다고."

"그럴 리가 없……."

토미리스가 말을 끝내기도 전에 보랏빛 선이 끊어지며 내 몸이 하
늘로 두둥실 떠올랐다. 번갯불이 내 주위로 강력한 막을 형성하며 나
를 꼼짝하지 못하게 했다.

쉬우웅~~!

어둠을 가르며 검은 물체가 번개와 충돌했다. 도깨비가 〈제령여의

곤)으로 번개를 끊었다. 번개가 잠깐 끊어진 틈을 타서 도깨비는 나를 껴안고 바닥으로 뛰어내렸다. 도깨비를 보자 토미리스가 〈이라두의 발톱〉을 다시 칼로 변환시켜 도깨비를 겨누었다.

"총가주! 지금은 우리끼리 싸울 때가 아니오. 건물이 무너지고 있어. 당신 부하들부터 구해야지."

도깨비가 소리쳤다.

토미리스는 잠깐 고민하더니 무너지는 건물 쪽으로 쏜살같이 날아갔다.

도깨비는 나를 내려놓더니 바닥에 쓰러진 유리를 살폈다.

"멍청한지 용감한지 모르겠군."

도깨비가 유리를 안아 들었다.

후두둑---!

쾅쾅쾅---!

번개와 천둥은 더욱 강렬해졌고, 큰 우박도 떨어졌다.

요망한 미물이 감히 내 계획을 방해하다니.

「뇌령」이 다시 다가오는 게 느껴졌다.

먹구름 가운데서 강렬한 바람이 일었다. 돌개바람이 대지를 내리쳤고, 그와 동시에 하늘 전체에서 강렬한 불꽃이 일어났다. 엄청난 번개였다. 태어나서 단 한 번도 본 적 없는 번개였다. 상상으로도 떠올려

본 적 없는 번개였다. 수만 가닥으로 찢어진 번개가 대지를 내리쳤다. 번개는 도시 곳곳으로 쉼 없이 떨어졌다. 피뢰침 따위는 소용이 없었다. 곳곳에서 불길이 치솟았고, 돌풍은 불꽃을 거대한 악마로 키워냈다. 뒤이어 우박이 쏟아졌다. 주먹보다 큰 우박이었다. 어떤 우박은 사람 머리 크기만 했다. 하늘을 꽉 채우며 떨어지는 우박이 닥치는 대로 도시를 파괴했다. 번개와 돌풍과 불꽃과 우박이 주위를 집어삼켰다. 고통에 찬 비명이 대지와 하늘을 뒤덮었다.

온몸에 소름이 돋았다. 그 장면이 두렵기도 했지만 소름이 돋은 까닭은 다른 데 있었다. 과거에 황련이, 아니 정확히는 황련에게서 분리되었던 그림자가 보여준 악몽 같은 미래와 눈앞에서 펼쳐지는 지옥도가 완벽하게 똑같았기 때문이다. 그림자와 「뇌령」이 연결된 존재였던 걸까? 아니면 그림자가 미래를 예언하는 능력이 있었던 걸까? 그게 무엇이든 두려움은 내 영혼을 일그러뜨렸다. 무서움을 떨쳐내기가 쉽지 않았다. 숨이 막혔다. 그대로 무너질 것 같았다. 이대로 종말을 맞이할 것 같았다. 절망과 좌절이 내 온 의지를 빼앗아 버렸다.

"뭐 하십니까? 정신 차리십시오!"

도깨비가 벼락처럼 고함을 쳤다.

흐트러지던 정신이 번쩍 들었다.

"이것을 잡으십시오. 여기서 피해야 합니다."

도깨비가 〈제령여의곤〉을 내밀었다. 왜 잡아야 하는지 묻지도 않고 얼른 〈제령여의곤〉을 잡았다. 주변이 뿌옇게 변하며 몸이 쑥 꺼지는 느낌이 들었다.

이라두가 흘린 피로 만든 장난감이구나.

아래로 꺼지는 힘과 위에서 잡아당기는 힘이 팽팽히 맞섰다. 도깨비가 답답한 신음을 흘렸다.

원래 내 것이었으니 내게로 오라.

아래로 당기던 힘이 점점 약해지더니 몸이 위로 쑥 끌려 올라갔다. 도깨비가 피를 토하며 나가떨어졌다.

피하지 마라. 진실로 네 뜻이 이루어지리니 두려워 마라.

거대한 어둠이 입을 벌리며 다가왔다. 공간과 시간을 모조리 잡아먹을 거대한 입이었다. 이상하게 두렵지 않았다. 내 방에 다시 돌아가는 듯 익숙했다.

바로 그거다. 이게 바로 너다.

「뇌령」이 환희에 차서 나를 반겼다.

어둠이 나를 완전히 집어삼키려는데 부드러운 실이 나에게 닿는 느낌이 들었다.

스으으---.

'이게 뭐지?'

사아아---.

감각이 극도로 예민해졌다. 사냥꾼들에게 갇혔을 때와는 견줄 수도 없는 예민함이었다.

시이이---.

가는 실이었지만 전해지는 기운은 그 크기를 가늠할 수 없었다. 따스하고, 향기롭고, 달콤하고, 청아하고, 찬란한 기운이 내 오감을 어루만졌다. 어린 시절 엄마 젖을 빨던, 그보다는 엄마 뱃속에서 머물던, 아니 그보다 더 근원에 안긴 편안함이 내 감각을 감쌌다. 모든 감각이 편안한 물결과 더불어 하나가 되었다. 황련과 함께 샘물에 안겼을 때처럼 불안과 공포, 걱정과 슬픔, 욕망과 후회가 깨끗이 사라진 완전한 평안이 내 안까지 채웠다.

어둠이 밀려났다. 검은 입이 일그러졌다.

"언니……."

나빈이가 나를 불렀다.

"몸에서……."

은율이가 맑은 눈을 크게 떴다.

"빛이 나요."

루미가 내 손을 잡았다.

"불멸의 혼께 경배드립니다."

도깨비는 피 묻은 가면을 벗어던지고 무릎을 꿇었다.

나는 눈을 들어 위를 봤다.

하늘을 채운 검은 기운이 뒤틀렸다.

"나는 알아요."

내 입에서 내 의지가 아닌 말이 나왔다.

"당신이 보여요."

달빛이 음절 사이사이에서 반짝였다.

나는 힘이고 파괴고 창조다.

"아니에요. 당신은 참된 자신이 누구인지 몰라요."

너는 내가 누구인지 아느냐?

"당신이 있을 곳은 여기가 아니에요. 원래 있던 곳으로 돌아가세요. 그곳에 가면 참된 당신이 무엇인지 스스로 깨달을 거예요."

나는 아직 네 소망을 실현하지 못했다.

"당신은 질서를 원해요. 당신이 온 저곳에서 이룩한 질서를 이곳에서도 이루길 원해요. 그 질서는 저곳에는 어울리지만, 이곳에는 어울리지 않아요. 그러니 당신은 당신이 있어야 할 저곳에서, 당신에게 맞는 옷을 입고, 당신이 진정으로 바라는 대로 하세요."

네 뜻이…… 바뀌었구나.

"제 뜻이 곧……."

내 뜻이지.

검은 회오리가 평온해졌다.
이모네 집 방에서 맞이했던 어둠이었다.
그 밤에 나를 포근히 감싸던 편안한 어둠이었다.
그러고 보면 이 어둠은 늘 나와 함께 있었다.
나를 해치는 어둠이 아니라, 나를 고통스럽게 하는 어둠이 아니라, 나를 감싸는 어둠으로…….

네 뜻이 곧 내 뜻이니, 약속대로 하리라.

파괴가 멈추자 잔잔해진 어둠 사이로 달빛이 떠올랐고, 내 정신은 아득한 바닥으로 내려앉았다.

질문과 답

내 몸보다 두 배는 더 큰 화로를 보며 정신이 들었다. 화로에서 타오르는 불이 마음을 편안하게 다독였다. 화로를 중심으로 침대가 둥그렇게 놓였는데 단우 아빠와 엄마, 강산이 엄마, 민지 언니, 김현 아저씨, 루미, 나빈이가 누워 있었다. 은율이와 유리는 보이지 않았다. 침대에서 일어나 화롯불로 갔다. 벽으로 보였던 곳이 열리며 은율이가 나타났다.

"언니, 몸은 좀 어때요?"

언제나 느끼지만 은율이는 참 맑다. 티끌 하나 묻지 않은 깨끗한 영혼이다.

"괜찮아."

은율이 뒤로 도깨비가 보였다. 나를 본 도깨비는 황급히 무릎을 꿇었다.

"그러지 않으셔도 돼요."

도깨비가 두 손을 공손하게 모은 채 일어났다.

도깨비 뒤로 침대에 누워 있는 유리가 보였다.

"유리는 괜찮나요?"

"이 아이 덕분에 위험한 고비는 넘겼습니다."

은율이가 유리를 구하다니, 뜻밖이었다.

"「누」는 순수한 영혼을 가장 두려워합니다. 요즘 세상에서는 좀처럼 만나기 어려운 맑은 영혼 덕분에 위험한 고비를 넘겼습니다."

나는 은율이 손을 꼭 잡았다.

"은율아, 고마워."

"유리 언니가 은석이를 구했잖아요. 그 은혜를 갚아서 저도 기뻐요."

화롯불처럼 환한 웃음이 나를 따스하게 어루만졌다.

"밖은 어떻게 됐죠?"

나는 도깨비에게 물었다.

"「뇌령」은 사라졌고, 사냥꾼 일족은 모두 도망쳤습니다. 도시가 일부 파괴되었지만 죽은 사람은 없습니다."

"다행이네요."

나는 유리를 살폈다. 숨소리가 고르고 얼굴이 편안했다.

"그런데, 삼식이는 어딨죠?"

"아, 그분은……."

도깨비가 당황하며 머리를 매만졌다.

"저도 삼식이가 누구인지 알아요. 부탁할 일이 있어서 그래요."

"알겠습니다."

도깨비는 미로처럼 이어진 복도로 나를 안내했다. 복도 끝에 온갖 무늬가 새겨진 돌 방에서 삼식이는 퍼질러져 앉아 털을 고르고 있었다.

"이 얄미운 녀석."

삼식이가 느긋하게 걸어오더니 내 다리에 몸을 비볐다. 나는 삼식이를 처음 만났을 때처럼 번쩍 안아 들었다. 삼식이가 갸르릉거리며 내 볼을 핥았다.

"부탁이 있어."

"냐오옹---."

"뭔지 알지?"

"니야야옹---."

* * *

꽃잎이 첫눈처럼 소복소복 내렸다.

"고운 꽃밭이 심하게 망가졌네."

"이곳까지 그 힘이 뻗쳤으니까."

황련은 한 움큼 흙을 움켜쥐었다. 습기 한 모금 머금지 못한 푸석푸석한 잿빛 모래였다. 황련은 손에 쥔 모래에 입김을 불어 넣었다. 모래가 촉촉해지더니 윤기 흐르는 흙으로 바뀌었다. 황련이 조심스럽게 흙을 바닥에 내려놓자 모래뿐이던 흙이 점점 기름진 땅으로 변했다. 그 모습이 참 아름다웠다.

"이곳을 다시 예쁘게 가꾸려면 시간이 좀 걸리겠네."

내가 말했다.

"나한테 시간은 많아."

황련은 한 걸음 걸을 때마다 흙을 되살리는 작업을 했다.

"처음 계획에 변함은 없는 거야?"

내가 물었다.

"꽃밭을 되살리고 나면 실행해야지."

황련이 무심하게 대답했다.

나도 마른 모래 한 줌을 움켜쥐었다. 입김을 불어 넣었지만 아무 변화가 없었다. 황련이 내 손에 들린 모래에 입김을 불어 넣자 생명을 기를 흙으로 되살아났다. 나는 흙을 바닥에 내려놓았다.

"다시 생각해 보면 안 될까?"

내 물음에 대답 없이 황련은 모래를 비집고 나온 바위에 걸터앉았다. 나도 그 옆에 나란히 앉았다. 우리는 같은 곳을 보았다. 그 끝을 알 수 없는 공간까지 뻗은 신단수가 있는 곳이었다. 처음에 본 신단수는 앙상한 가지뿐이었는데 이제는 새롭게 피어난 연초록 잎들이 사랑스러운 빛깔을 뽐내고 있었다.

"봄노래가 흥겹던 날, 이렇게 나란히 앉았던 기억이 나네."

꽃송이가 눈처럼 흩날리던 순간이 현재인 듯 생생히 되살아났다.

"황련이라는 이름은 지금 생각해도 참 잘 지었어."

"나도 마음에 들어. 내 옛 이름보다."

황련이 다정하게 말했다.

나와 황련 사이로 봄날에 쌓았던 추억이 잔잔한 음률이 되어 흘렀다.

"황련!"

나는 마음을 담아 그 이름을 불렀다.

황련이 내 손을 살포시 잡았다. 손으로 사랑이 전해졌다. 황련은 참 아름답다. 꽃을 가꿀 때, 꽃비 속에 머물 때, 꽃을 닮은 웃음을 지을 때 황련은 가장 아름답다. 「달빛의 눈」을 떠서 확인할 필요도 없다. 황련은 자기에게 맞는 옷을 입어야 한다. 오랜 옛날, 황련은 잘못된 선택을 한 게 아니다. 가장 자기다운 선택을 했다.

"내가 무엇을 깨웠을까?"

내가 물었다.

"무엇을 깨우다니? 그거야……."

신단수 잎이 하늘거리며 내 시선을 붙잡았다.

"나도 처음엔 그런 줄 알았어. 연화, 단아, 단우, 은석이, 강산이가 지닌 그 엄청난 힘이 진정한 신성인 줄 알았어. 물론 그 힘도 신성이긴 해, 신성은 강하니까."

"무슨 말을 하고 싶은 거야?"

황련한테는 늘 꽃향기가 난다. 말을 할 때면 그 향기가 더 진해진다. 영원히 푸근한 향기에 묻혀 가만히 지내면 좋겠다.

"루미는 방관자를 벗어나 친구를 위해 행동했고, 아빠처럼 자신을 내던져 아기를 살려냈어. 유리는 자기 상처를 아프게 껴안았고, 자기 전부를 던져 나를 구했어. 은율이는 어떤 욕심과 사심도 없이 순수해. 나빈이는 넉넉하게 받은 사랑을 온전히 나눌 줄 알아. 연화는 루미 덕분에 참된 연화가 되었고, 유리는 단우와 단아도 막지 못한 사악한 「누」를 견뎌냈어. 은석이는 순수한 은율이가 없다면 무너졌을 거고, 강산이는 나빈이가 건넨 사랑과 따스함으로 건강해졌어."

나는 신단수에서 황련으로 시선을 옮겼다. 맑은 눈동자 속에 비친 내 얼굴이 미세하게 흔들렸다.

"연화는 세상을 파괴하는 듯하지만 오염된 물을 정화해. 단아는 고통받는 영혼을 달래고, 단우는 사람들을 보호해. 은석이는 감정을 솔직하게 들여다보게 하고, 강산이는 생명이 얼마나 고귀한지를 일깨워."

나는 깊이 숨을 들이마시고 내가 본 진실을 마저 이야기했다.

"희생과 사랑, 용서와 순수 같은 말은 참 약해 보여. 그런데 따지고 보면 그처럼 강한 말도 없어."

"무슨 말이 하고 싶은 거야?"

"네가 말하길, 오랜 옛날에 어리석은 사람이 찾지 못하도록 신성이 사람 안에 봉인되었다고 했어. 사람은 자기 안에 있는 보물은 모르고 밖에서만 보물을 찾으려고 하니까."

"자기 안에 감춰진 보물이 가장 찾기 어려운 법이지."

"내 생각에……, 신성은 사람 안에 봉인된 게 아니야."

"봉인이 아니면?"

"선물이지. 싹을 틔우면 존재를 빛나게 하는 선물."

꽃향기가 점점 진해졌다.

"사람에게 자신을 책임질 기회를 주면 안 될까? 스스로 자기 안에 깃든 신성을 깨울 기회를 주면 안 될까?"

눈동자가 닫혔다 열렸다.

눈동자에 비친 나는 그 어느 때보다 단단했다.

"사람은 어리석어."

황련이 입을 열었다.

"어리석은데 똑똑하고 강해."

동의할 수밖에 없는 진실이었다.

"그래서 사람은 위험해."

뭐라고 말해도 황련은 생각을 바꾸지 않았다. 나는 숨을 깊이 들이마셨다. 아무래도 내가 알아낸 진실을 말하는 수밖에 없었다.

"네가 말해주지 않았지만……, 나도 「뇌령」이 누구인지 알아."

내가 말했다.

"뭐라고?"

황련이 처음으로 당황했다.

"너는…… 형처럼 하지 않아도 돼."

"끙……."

"너는 너고, 형은 형이야. 너는 너로 살아야 해."

황련이 주먹을 불끈 쥐었다. 거센 바람에 꽃잎이 흩날렸다.

"지금 내가 가려는 길이 나로 사는 길이야."

황련은 확고했다.

긴 세월을 거치며 다져진 생각이니 내 설득이 통하리라는 기대는 애초부터 없었다. 어쩔 수 없었다. 싫지만 마지막 수단을 쓰는 수밖에 없었다.

"난, 널 믿어."

그 말은 진심이었다.

"네 선택이 그렇다면…… 그렇게 해야겠지."

부드러운 향기가 우리를 감쌌다.

"널 처음 본 그 순간을 잊을 수가 없어. 마치 몸에 전기가 흐르는 듯했거든. 지금도 네 옆에만 있으면 심장이 마구 뛰어."

맞잡은 손을 내 심장으로 끌어당겼다.

꽃잎은 점점 늘어나며 나와 황련을 꽃무리로 둘러쌌다.

까만 눈동자에 내 눈동자를 채웠다.

몸을 기울여 황련에게 가까이 갔다. 황련은 머뭇거렸지만 나를 밀쳐내지는 않았다.

까만 눈동자가 점점 커지더니, 내 입술이 촉촉하게 젖었다. 입술에서 심장으로 사랑이 흘러들었다. 단꿈처럼 황홀한 입맞춤이었다.

그리고……!

나는 작은 실 하나를 깨웠다.

내 안에서 피어난 빛으로 만든, '불멸의 혼'이 깃든, 신단수와 이어진 실이었다.

그 실이 입술을 통해 심장과 심장을, 영혼과 영혼을 이었다.

나와 황련은 분리될 수 없는 실로 이어졌다.

그 실은 나와 신단수와 황련을 하나로 연결했다.

별처럼 빛나는 눈동자가 멀어지며 눈동자 안에 내가 다시 나타났다. 황련이 당혹해하며 나를 응시했다.

"너……?"

"나도 연결됐어."

"그럴 리 없어. 신단수는 나와만 이어지는데……."

"미안해."

역시, 진심이었다.

"말도 안 돼. 어떻게……."

황련이 깊은 한숨을 내쉬었다.

주위에 날리던 꽃잎도, 꽃향기도 사라졌다.

황련이 눈을 잠시 감았다가 떴다.

"이젠, 네가 허락하지 않으면 내 계획을 실행할 수 없게 되었어. 정말 내 계획을…… 막을 거야?"

황련이 물었다.

"현재로서는……."

"사람이 바뀌리라 기대하다니 어리석은 희망이야."

"사람에게 희망이 있는지 없는지는 잘 모르겠어."

"그럼 도대체 왜 그러는데?"

"너 때문이야."

"나 때문이라고?"

"네가 참된 너로 돌아오길 기대하는…… 희망."

진한 안타까움이 주변 공기를 채웠다.

나는 나약한 연민을 버리고 꿋꿋이 버티며 내가 본 「진실의 문」을 끝까지 열었다.

"너는 꽃을 기를 때 가장 아름다워. 죽은 흙을 살려 꽃을 피워내는 순간, 네 향기는 가장 달콤해. 그게 너야. 이제껏 네가 가려고 노력했던 길은 참된 너를 잃게 만드는 수렁이야."

"나를 잃는다 해도, 그 끝이 수렁이라 해도, 세상을 이대로 둘 수 없어. 이대로는 더 엉망이 돼."

"그럴지도 모르지. 아닐 수도 있고. 그렇지만 이 점은 확실해. 나는 너를 사랑하고, 나는 사랑하는 이가 자신을 잃어버리길…… 원치 않아. 나는 그래. 그게 고은별이야."

황련이 두 손으로 황금빛 머리를 쓸어 넘겼다.

사라졌던 꽃향기가 다시 은은하게 살아났다. 그와 더불어 얼굴빛도 밝아졌다.

"앙큼한 짓이었어."

미움이 실리지 않은 질책이었다.

"삼식이한테 조금 배웠어. 그리고 입맞춤은 진심이야."

나는 황련을 사랑한다. 내 사랑은 진실이다.

황련도 나를 사랑한다. 그 사랑도 진실이다.

황련이 내 손을 다시 잡았다. 그러고는 나지막하게 노래를 불렀다.

♬ 우우우~ 아득하게~ 그 옛날~

손길이 닿으면~ 우우우 ♪

고통에 몸부림치던 나를 위해 황련이 부른 바로 그 노래였다.

♪ 우우우~ 그 아픔~ 이대로 빗물에 씻겨~

그대로~ 저 멀리 사라지길~ 우우우 ♬

노래가 피워낸 울림이 심장을 두드렸다.

황련이 나를 살짝 끌어당겼다. 나는 황련을 끌어안았다. 황련도 나를 안았다. 꽃바람 안에서 우리는 이어진 채 서로를 깊이 느꼈다.

꽃잎이 흥얼거리며 춤을 추었다.

꽃잎이 구름이 되어 오르고, 황련은 내 손을 잡고 걸음을 옮겼다.

우리는 손을 꼭 잡은 채 신단수를 향해 나란히 걸었다. 참성단의 검은 돌이 유난히 눈에 띄었다. 연초록 잎이 하늘거리며 나를 반겼다. 나는 두 손을 모아 신단수에 절을 올렸다. 황련은 황금빛으로 빛나고, 은은한 햇살은 기쁨에 실려 꽃잎과 더불어 흩날렸다.

　황련과 맞잡은 손 위로 달빛을 머금은 꽃잎 하나가 살포시 내려앉았다.

〈달빛소녀 시리즈 끝〉